La Dernière Nephilim

1

LE DÉCHU

Charlize Wilson

Photo de couverture : iStock

Design de la couverture : Ambrose V. Thorn

Correction : LJL Translations

Dépôt légal : juillet 2022

ISBN : 978-2-9580275-3-7

À ma collègue et à nos thés oubliés,

Chapitre premier

Une semaine de vacances pendant que les collègues tentaient de survivre à la vague de travail qui s'abattait sur la maison d'édition, c'était le pied. Tous les ans, je m'arrangeais pour fuir le bureau lorsque les vacanciers affluaient de nouveau dans le métro. Ainsi, j'échappais aux histoires ennuyeuses racontées dans les moindres détails par mon chef – qui mettait toujours un point d'honneur à me dégoûter d'enfanter. J'avais beau le rassurer sur la profonde relation que j'entretenais avec mon célibat, il devait craindre qu'une cigogne ne dépose son paquet à la mauvaise porte.

Bref, pourquoi parlais-je du boulot déjà ? Il fallait vraiment que je décroche. Heureusement, le petit chalet que j'avais loué ne possédait pas internet, et le voisin le plus proche vivait encore au siècle dernier. Du repos au calme, c'était tout ce dont j'avais besoin. Dommage que le destin ne soit pas de cet avis...

Adossée à la rambarde du balcon, j'observais le soleil colorer le ciel de magnifiques teintes apocalyptiques. J'avais passé une bonne partie de la journée à rêvasser ; un bouquin pour seul compagnon, le téléphone éteint et rangé dans ma valise. À l'aube de mes vingt-six ans, j'avais besoin de faire le point sur ma vie – ou plutôt, sur celle que je n'aurais jamais.

Lorsque j'étais petite, mes parents m'avaient rabâché d'être une enfant sage et de bien travailler à l'école. De nature obéissante, je m'étais appliquée à jouer ce rôle de fille modèle, même quand les copines partaient sérieusement en cacahuète. Diplômée d'un master d'édition, j'étais employée dans une maison publiant des manuels scolaires, quelque chose de très carré, encore une fois.

Sauf que, sans prévenir, j'avais fait une sorte de crise de la quarantaine en avance. Quelque chose avait éclaté au fond de mon âme, une énergie puissante s'était déversée dans mes veines et j'avais explosé. Des pulsions incontrôlables m'avaient alors secouée, me rendant plus affamée qu'un succube privé de partenaires pendant des mois. Naturellement, j'avais fait part de mes craintes vis-à-vis de ma santé mentale à ma mère, et mon cher paternel s'était décidé à me révéler *THE* secret de famille bien gardé.

Voilà comment je m'étais retrouvée seule, à me perdre dans la contemplation de cette montagne qui semblait m'ouvrir les bras.

— J'ai besoin d'air, baragouinai-je avant de me souvenir que j'étais déjà dehors.

Une bouffée de chaleur se diffusa entre mes reins, si ardente qu'elle m'obligea à ôter mon gilet malgré la faible température. Le processus de Révélation était assez pénible, bien plus que ce qu'avait dit mon père.

Mince... Quand je pensais à lui, l'image de sa véritable nature se superposait à celle de l'homme qui m'avait élevée. Certes, la différence était minime, mais tout de même notable. Je ne voyais plus que cet élément irréel qui se déployait dans son dos et qui m'aveuglait littéralement. Deux gigantesques membranes lumineuses qui s'étiraient jusqu'à se consolider et prendre la forme de magnifiques ailes aux plumes blanches.

Un ange.

Mon père était un envoyé céleste. Tombé éperdument amoureux de sa protégée – ma mère, comme on pouvait s'en douter –, il avait pris le risque de la séduire en jouant les humains. Puis, ma naissance contre nature l'avait contraint à exposer la vérité : l'être qui grandissait dans le ventre de sa femme était mi-humain, mi-ange.

Quant à toi, Debbie, ma chérie, tu es une nephilim.

— La bonne blague, ricanai-je en me remémorant le soir où il avait mis un mot sur les changements qui s'opéraient en moi.

Une nephilim. Comme si le fait de savoir que mon père était un ange ne suffisait pas. Heureusement, je ne m'apparentais pas aux géants décrits dans la Bible. J'étais... normale. J'avoisinais tout de même le mètre quatre-vingts, mais, pour ma défense, mes géniteurs étaient assez grands. Question génétique, j'avais opté pour les attributs de ma mère : yeux marron et cheveux bruns. Mon corps ne ressemblait pas à celui d'une déesse, mais nous nous entendions plutôt bien.

En gros, rien ne trahissait mon petit côté angélique, si on faisait abstraction de la faim me rongeant les entrailles.

La luxure. La malédiction des gens de mon espèce. Une punition de Dieu lui-même pour nous autres non nés de ses mains. Elle s'était réveillée lors de mes vingt-cinq ans, comme si quelqu'un avait subitement appuyé sur le bouton « *on* ». Depuis ce jour, envolée la petite Debbie toute sage ! Il ne s'agissait pas d'une fringale à me faire exploser le ventre. Non, ma faim se révélait plus charnelle. Une envie insatiable de sexe. Le plus drôle dans l'histoire, c'était que j'étais incapable de la faire taire de mes propres mains. Même mon canard violet préféré, alias Liam, pour les intimes, ne parvenait qu'à alimenter ma frustration.

Cette semaine dans le trou du cul du monde devait me permettre de l'apprivoiser et de la canaliser. Je n'avais plus de place sur mon tableau de chasse, rempli en quelques mois à peine alors que des années avaient été nécessaires pour y inscrire deux noms.

J'inspirai longuement, gonflant mes poumons d'air frais, puis expirai comme pour propulser tous ces désirs hors de mon enveloppe. Aussi inefficace que la douche froide... Mon corps me tiraillait, provoquant une sensation assez inconfortable. Je me mordis les lèvres alors que mes cuisses se serraient afin d'apaiser le feu grandissant.

— Rah ! Je suis déjà en manque !

L'envie de pleurer ne tarda pas à poindre. Je décidai de la chasser à l'aide d'une bonne tablette de chocolat, la seule source de réconfort dans ces moments-là. Je fonçai dans la cuisine et me jetai sur les petits carrés, qui répandirent une douceur sucrée sur ma langue. Le bonheur. Aucun mets ne pouvait égaler celui-ci, pas même ceux du paradis, j'en étais certaine. Je pris mon temps pour les dévorer, canalisant toute mon attention sur l'art et la manière de les déguster. Carré après carré, je sentais mes pulsions se refréner, sans pour autant cesser.

Repue, je m'écroulai dans le canapé et m'enroulai dans une couverture. Une fois l'incendie maîtrisé, du givre s'épanouit dans mes veines, me laissant frigorifiée. Je grelottai presque. Un sourire naquit sur mes lèvres. J'avais résisté. Mes progrès étaient significatifs. Enfiévrée, je ne m'étais pas frottée comme une chatte en chaleur ni n'avais retourné toutes mes affaires pour trouver mes clés et partir en quête d'un compagnon pour la nuit.

— Pap's, parfois, j'aimerais vraiment te détester.

Mais comment en vouloir à un ange ? Un ange. Sérieusement, j'étais la fille d'un ange ! D'ailleurs, ma petite retraite le contrariait au plus haut point. Pour lui, je ne devrais pas lutter contre la lumière qui désirait briller au fond de mon cœur. *Sans déc'* !

— On voit bien que ce n'est pas toi qui dois supporter les sautes hormonales de ton corps !

Il critiquait toujours les succubes et incubes – rejetons d'un humain et d'un démon –, mais je ne valais pas mieux qu'eux. Il m'avait fait jurer de ne jamais succomber à leur charme.

« JA-MAIS », croix de bois croix de fer. Contrairement aux démons qui se nourrissaient de l'essence vitale de leurs victimes pendant l'acte, j'offrais une sorte de bénédiction à mes partenaires. Ça me faisait une belle jambe ! Et moi ? Qu'avais-je en échange ? Quelques heures de répit, juste le temps de reprendre des forces ? Merveilleux.

Je savourais donc cette petite victoire. Exténué, mon esprit divaguait au-delà de la baie vitrée, se promenait sur les flancs de la montagne. La nuit tomba enfin, m'enveloppant dans son manteau ténébreux. Elle calma aussi mes ardeurs, et j'en profitai pour me reposer. Je somnolais lorsque j'aperçus une étoile filante déchirer le ciel noir. En octobre, de nombreux météores traversaient l'atmosphère, pour le plus grand plaisir des yeux. Instinctivement, je fis un vœu.

Une deuxième traînée de lumière m'en offrit un autre, puis un troisième éblouit les ténèbres telle la foudre s'abattant sur Terre. Surprise, je me redressai, tous les sens aux aguets. La lueur ne faiblissait pas et m'obligea à plisser les paupières.

— C'est étrange. On dirait que...

Je m'extirpai du canapé et ouvris la fenêtre pour examiner le phénomène. Je relevai le nez vers le ciel. Au-dessus de moi, un halo blanc entourait l'étoile filante qui tombait à l'horizontale et se rapprochait dangereusement du sol. Pile sur mon chalet !

— Qu'est-ce que j'ai fait au bon Dieu pour que ce truc m'arrive sur la tronche ?

L'éclat se ternissait à vue d'œil et devenait aussi rouge que les flammes de l'enfer. Proche de l'impact, ce n'était plus qu'une boule incandescente qui allait s'écraser dans le jardin. La scène se déroula au ralenti. Mon regard se posa sur deux langues de feu traçant des sillons dans l'obscurité. L'image d'un ange tombé du ciel se dessina dans mon esprit. *Non... c'est impossible.*

L'étoile percuta la terre dans un bruit assourdissant, creusa un véritable cratère et mourut aussitôt. Le silence essaya vainement de reprendre ses droits, soudainement brisé par un hurlement déchirant qui me vrilla les tympans. Le cri d'un animal en souffrance résonnait dans la vallée. Violent. Terrible. Mon estomac menaça de rendre le chocolat ingurgité – mais, je l'en empêchai, ce serait du gâchis.

Sans réfléchir, je m'élançai en direction du trou. Je tombai à genoux et me penchai au-dessus, choquée de croiser un regard entièrement noir.

Mon instinct ne m'avait pas trompée. Au fond reposait un homme dont la peau souffrait de nombreuses brûlures. Il ne portait aucune autre blessure que celles infligées par le feu. Je parcourus d'un coup d'œil rapide son corps nu, jusqu'à ses ailes, deux paires, aussi sombres que ses iris.

Un déchu.

Je ne savais pas grand-chose sur eux si ce n'était que ces anges bannis du paradis transitaient entre deux mondes : les Cieux et l'Enfer. Soit ils chutaient plus bas encore, soit ils obtenaient la rédemption. Ce dernier cas relevait du miracle.

Tétanisée, je n'osais pas bouger. L'homme remua, et une grimace de douleur déforma les traits de son visage. Il était beau, comme tous ses semblables. Cependant, il dégageait quelque chose de sauvage auquel mes hormones répondirent immédiatement. *Les traîtresses.*

— Comme si c'était le moment, ronchonnai-je.

Je sautai à ses côtés, poussée par l'envie irrésistible de combler l'espace nous séparant – afin de lui venir en aide, évidemment.

— Euh... ça va ?

Ces mots à peine sortis de ma bouche, je me traitai d'idiote ! L'ange m'adressa une moue dépitée avant de grogner en montrant les crocs. De vraies dents pointues comme celles des vampires. Aïe !

— Ouais, bon, je vais chercher mon téléphone pour appeler les secours.

Cette phrase sonnait tout aussi faux que la première, mais j'ignorais quoi faire. Alors que je m'apprêtais à courir vers la maison, sa main brûlante saisit mon poignet avec force.

— Reste... moi..., bredouilla-t-il entre ses mâchoires serrées.

Sa poigne empêchait toute fuite. Je paniquai quand il attira ma main vers lui. Il allait me croquer, se nourrir de mon sang et me laisser pourrir dans ce cratère qui deviendrait ma tombe. Affolée, je tentai de dégager mon poignet, en vain.

— Lâche-moi ! hurlai-je comme une démente.

Mais il ne l'entendait pas de cette oreille. Alors que mon poing se serrait en vue de lui décrocher une droite, il posa délicatement la paume de ma main au niveau de son cœur. Sous ce contact, ses muscles se décontractèrent et les soubresauts cessèrent de faire vibrer son corps. Il ferma un instant les paupières, comme pour profiter pleinement de la sensation de bien-être qui se diffusait dans ses veines. Le temps interrompit sa course folle, m'offrant une parenthèse surréaliste dans cette existence qui n'avait plus rien d'humain. Mes doigts s'ouvrirent sur sa peau, puis le caressèrent avec pudeur, comme s'ils frôlaient son âme.

— Repousse... l'enfer..., murmura-t-il d'une voix gutturale.

— J'comprends rien, il vaudrait mieux qu'un médecin t'examine, diagnostiquai-je, scrutant un instant le ciel tout en pestant. Ils ne pourraient pas fournir un décodeur ou un manuel de l'ange déchu quand ils claquent la porte du paradis ?

Il pressa plus fort ma paume contre sur torse, comme s'il craignait que je ne m'envole. D'un hochement de tête, il désigna mon deuxième bras, dont le poing s'enfonçait dans le sol. Que devais-je faire ? Poser ma deuxième main à côté de l'autre me paraissait bien trop... comment dire... intime. Je n'étais pas sûre de pouvoir contenir ma libido, qui faisait déjà des bonds dans ma poitrine. Saleté de nature angélique.

Son regard implorant et gorgé de souffrance me fit capituler. Je plaçai ma paume sur son front, feignant de prendre sa température. Instantanément, la fièvre qui le consumait s'amoindrit et sa respiration sifflante devint plus régulière. Il laissa échapper de frêles gémissements, témoignant de l'état très critique de son enveloppe charnelle.

Être au chevet d'un déchu n'était pas au programme de ma soirée, attendre qu'il rende l'âme non plus.

— OK, et maintenant ? On fait quoi ?

Il me sembla qu'un sourire lubrique étirait ses lèvres, mais elles se tordaient en réalité sous le spasme qui l'ébranla.

— L'enfer... tu dois repousser le feu...

Je rêvais, je ne voyais pas d'autre explication plausible à toute cette histoire. J'allais devenir chèvre. Il le répéta plusieurs fois, insistant sur le fait que l'enfer le rongeait.

— J'ai l'impression de brûler, gronda-t-il pendant que son dos s'arquait.

— Comment puis-je te soulager ?

Son regard noir me transperça et son feu intérieur liquéfia mon âme.

— Fais confiance à ton instinct.

Chapitre deux

J'explosai de rire. Mon instinct ? MON INSTINCT ? J'avais envie de prendre mes jambes à mon cou ou de... de... ah ! Non, vraiment, mon instinct se foutait royalement de ma gueule !

— J'ai besoin de toi, souffla-t-il, lisant dans mes pensées. Besoin... que ta lumière aveugle l'enfer...

Je levai les yeux au ciel. Ces anges, ils en faisaient toujours trop. Il n'était pas non plus à l'article de la mort, l'immortalité le protégeait contre la grande Faucheuse. Non ?

— Il doit y avoir une trousse de secours dans la salle de bains. Tu penses pouvoir tenir sur tes jambes ?

Un long frisson remonta le long de mon échine quand ses iris scrutèrent mes lèvres, que je mordis aussitôt. Un murmure me répondit et je m'empressai de me positionner sur le côté afin de l'aider à se relever. Ses muscles se bandèrent, au point que j'eus peur qu'ils ne se déchirent, et de la sueur ruissela sur sa peau. Il devint livide, ses blessures suintèrent d'un liquide épais qui empestait le soufre. L'encre qui coulait des plaies contrastait avec sa pâleur, comme si elle souillait son âme. *Répugnant.*

Il tremblait si fort que ses dents claquaient. Le déchu puisait dans ses dernières ressources pour se maintenir debout. Sauf que j'avais légèrement omis le fait que nous nous trouvions dans une tombe. Grâce à mes origines nephilim, j'arriverais à le hisser jusqu'en haut, mais mon père m'avait conseillé de garder ma nature secrète. Je n'allais pas me trahir pour un ange expulsé du paradis !

J'avisai le bon mètre nous séparant de la surface lorsqu'il me fit face et referma ses bras autour de moi. L'une de ses mains se plaqua sur le haut de mon dos alors que l'autre poussa contre mes reins pour sceller nos deux corps. Mon nez se nicha naturellement au creux de son cou, me déstabilisant au point de perdre l'équilibre. Il me tint avec force contre lui, et je maudis ma déesse intérieure de jubiler à ce contact. Je sentis sa respiration se caler au rythme de la mienne et son cœur battre frénétiquement dans sa poitrine.

Mon Dieu, achevez-moi !

Un sifflement accompagné d'un grognement retentit à mon oreille. Un bruissement d'ailes. D'une poussée, mes pieds quittèrent le sol et il nous propulsa dans les airs. L'instant aurait pu être magique si son sang ne tachait pas mon tee-shirt bleu et si l'odeur âcre de la douleur ne me donnait pas la nausée. Sans parler de l'atterrissage... je manquai de me briser les deux chevilles ! L'ange se laissa retomber comme une pierre jetée d'une falaise. J'amortis sa chute, la rencontre avec la terre ferme expulsant tout l'air contenu dans mes poumons.

Écrasée par un poids mort, je tentai de repousser le déchu qui paraissait apprécier le matelas chaud offert par ma petite personne.

— Hey ! Tu m'étouffes ! me plaignis-je en soulevant ses épaules, sa tête basculant mollement vers l'avant, assez pour frôler ma poitrine.

Il était dans les vapes. *Super*. En même temps, ça m'enlevait une épine du pied, utiliser ma force surnaturelle pour le transporter devenait possible. J'ignorais si installer cette créature damnée dans le salon représentait l'idée du siècle, mais je n'allais pas le laisser croupir dans le jardin. Surtout qu'il s'accrochait toujours à mon bras comme si sa vie en dépendait. Il fallait que j'appelle mon père, il saurait certainement quoi faire de son collègue angélique.

— Pff... Dans les films, c'est le beau gosse qui porte la fille jusqu'au lit pendant qu'elle joue les effarouchées pour mieux se pendre à son cou, pas l'inverse ! Pourquoi mon existence ne peut-elle pas être aussi banale que celle d'une humaine normale ?

Je ronchonnais, alors que me mettre en danger m'excitait terriblement. Une situation interdite, rien de meilleur pour vous donner l'impression d'être vivante !

D'un mouvement fluide, je le basculai sur le dos, puis lui assenai des petites tapes sur les joues. Une fois assurée qu'il avait bel et bien perdu connaissance, je me penchai afin de le prendre dans mes bras. Aussi léger qu'une plume, son imposante carrure et ses ailes traînant par terre m'empêchèrent de rejoindre facilement l'entrée. Je montai les quelques marches en faisant attention de ne pas piétiner les longues rémiges noires. Je bataillai avec la masse volumineuse de l'ange afin de passer la porte-fenêtre.

Je ne vais quand même pas l'installer dans ma chambre ? Non, le canapé suffira. Ses mollets dépasseront un peu et l'une de ses épaules sera dans le vide, mais ce sera moins rudimentaire que la pelouse. Non ?

Ma conscience répondit à toutes ces questions et remporta le duel – lâcheuse. Je me dirigeai vers la chambre attenante au salon, l'unique du petit chalet. Je le déposai avec une infinie douceur sur la couverture, prenant soin de bien caler sa tête sur l'oreiller. Je me rendis compte que ses cheveux étaient longs et se mêlaient aux plumes noir de jais. Il emplissait la surface du lit double ; ses ailes touchaient le cadre en haut et en bas.

Je m'arrachai brutalement à sa contemplation quand ses yeux s'entrouvrirent et témoignèrent de son mal-être. Ses doigts cherchèrent à saisir les miens, comme s'il espérait se raccrocher à quelque chose pour rester conscient.

— Je vais prendre un linge et de l'eau fraîche, me dérobai-je.

Je m'échappai comme une voleuse de la chambre, me jetai contre la porte de la salle de bains, que je fermai sans bruit. Maintenant, j'avais vraiment besoin de respirer...

et d'un verre de vodka ! Je fis couler de l'eau puis plongeai mon visage sous le filet glacé. Loin du déchu, je pouvais ressentir la faim me martelant le bas du ventre, semblable aux griffes d'un monstre. Je faisais tout pour me concentrer, mais l'image du corps de l'ange étendu sur mes draps ne cessait de me tourmenter. Promis, je n'avais jeté qu'un bref coup d'œil à son entrejambe, juste pour satisfaire ma curiosité déplacée. Ma déesse n'avait pas été déçue !

À défaut d'un gant de toilette, je choisis une serviette et une bassine qui trônait sur la machine à laver. Je remplis le récipient, puis l'emportai au chevet du blessé qui reprenait ses esprits. Son regard fou balayait la pièce, son corps tendu sursauta quand j'entrai avec fracas. Un léger grognement s'échappa de ma poitrine lorsque ma hanche cogna contre la commode.

— Tout va bien, le rassurai-je alors qu'il s'agitait en répétant des mots dénués de sens. Il faut que ta fièvre baisse, tu délires totalement.

Je plaçai le linge sur son front et réitérai plusieurs fois ce geste jusqu'à ce qu'il s'apaise. Je partis remplir la bassine puis recommençai encore, encore et encore. Sa folie s'épuisa, mais il refusait de sombrer dans un sommeil réparateur. Lentement, j'entrepris de nettoyer le sang qui coulait de ses plaies, sans descendre en dessous de son nombril. Le liquide continuait de s'épandre malgré tout, colorant le lit d'une teinte funeste.

— Je dois appeler mon père, tu vas finir par te vider.

— Non... il faut éteindre...

— Le feu, oui, j'ai compris ! Écoute, je ne sais pas si tu te rends compte, mais en plus d'assister à la déchéance d'un ange, je dois jouer les infirmières et stopper le saignement de blessures qui dépassent largement mes compétences. Le proprio ne voudra jamais me rendre la caution et va exiger des explications ! Et, pour finir, l'ange en question est à poil dans mon lit et gaulé comme un dieu. C'est un peu beaucoup pour la même soirée !

Je fis les cent pas dans la chambre. Des flammes allaient sortir de mon nez à force de souffler comme un dragon.

— Putain, on est à la montagne et il n'y a même pas une bouteille d'alcool dans cette baraque !

— Calme-toi, murmura-t-il d'une voix aussi douce que la caresse d'une plume. Tu es trop... agitée.

— Ha. Ha. T'as pas d'autres conseils à me donner, *Captain Obvious* ?

Le plus enrageant était qu'entendre son timbre suave eut l'effet escompté. Je ne fulminais plus. Je me sentais étrangement sereine.

— Viens, m'invita-t-il en tapotant le matelas.

— C'est quoi le piège ?

— Tu sais comment m'aider. Je veux juste que tu laisses ta lumière étinceler dans mes ténèbres. J'ai vraiment... besoin de ça.

Sans m'en rendre compte, je m'étais rapprochée. Accroupie à hauteur de son visage, je sondai son âme au travers de ses iris qui me renvoyaient ma propre image. Son charabia m'avait donné la migraine.

— Un médecin, c'est ce qu'il te faut.

— Fais-le, ordonna le déchu avec une certaine douceur.

— Je suis secrétaire d'édition, pas médecin…

— Ton âme n'en sortira pas damnée.

— Un spécialiste doit s'occuper de tes brûlures, geignis-je, mes mains serrant la couverture.

— Je te le promets, mon ange.

— Ne m'appelle pas comme ça…

— Comme tu voudras, jolie déesse.

— C'est n'importe quoi.

Un vrai dialogue de sourds !

— J'ai besoin de retrouver mes capacités. Et tu as besoin de combler ton envie.

À croire que cet ange tombé du paradis m'a été envoyé. Un rire empli d'ironie s'échappa de mes lèvres, déjà en train d'effleurer les siennes. Son souffle chaud s'infiltra entre ma bouche, me rappelant que je retenais ma respiration. Je désirais combler l'espace les séparant tout autant que je redoutais les conséquences de cet acte. Même si je n'allais pas finir damnée, il mentait ; on n'en ressortait pas indemne lorsque l'on se perdait dans les bras d'un être céleste. Mais, il avait raison sur un point : ma malédiction allait le faire renaître de ses cendres.

Le bout de sa langue toucha ma lèvre inférieure, une caresse indécente auquel mon corps ne résista pas. J'acceptai cette invitation sans rechigner. Après tout, c'était un échange de bons procédés, non ? Je l'embrassai chastement, goûtant son parfum sucré malgré la dureté de sa peau abîmée. Un mélange de vanille Bourbon, d'agrumes et d'une pointe de cacao. Mes papilles frémirent en écho à l'envolée de papillons qui me chatouillait le bas-ventre dans une délicieuse torture.

Enivrée, je me surpris à poser mes doigts sur son torse et à glisser jusqu'à son flanc droit pendant que j'approfondissais notre baiser. Je sentis un sourire poindre sur son visage, brisant les dernières barrières que j'avais érigées. Ma main baladeuse poursuivit son exploration et joua avec les muscles saillants de son abdomen.

Un gémissement d'extase serait suffisant. Il insufflerait l'énergie nécessaire au déchu et me comblerait jusqu'au prochain réveil de mes hormones. Le problème ? Je doutais être capable de me contenter de simples caresses. Bon Dieu, qu'étais-je devenue ?

En attendant, il devait trouver la force pour... eh ben, pour me satisfaire, ça aiderait pas mal la chose. Heureusement, Dame Nature avait tout prévu ! Elle avait le sens des priorités. Sa prévenance envers les mâles en disant long sur ses préférences en termes de partenaires... bien que le processus fonctionne aussi avec les femmes. Quand mon amant était à l'article de la mort, je parvenais à insuffler la volonté et l'énergie de faire des galipettes. Pour l'enclencher, j'avais juste besoin de dévergonder ma part angélique en stimulant mon désir.

Décidée à cesser de tergiverser, j'enlevai mon jeans sans quitter un instant ses lèvres. Rien à voir avec le fait que j'allais mourir de frustration si je rompais tout contact, simplement, ma fine culotte aux motifs « tête de chat » n'était pas la plus sexy de ma collection. Je souhaitais lui épargner cette vue. Pour ma défense, j'étais en pleine cure de désintoxication ! Le confort prime dans ce genre de cas extrême.

Je grimpai sur lui à califourchon, et il poussa un petit gémissement appréciateur. Je fermai les yeux et me délectai de cette chaleur qui m'enflammait. L'ancienne timidité qui m'habitait jusque-là choisit de faire son apparition malgré l'excitation à l'idée d'assouvir mon envie de sexe. Mes hanches suivirent le mouvement lent imposé par l'ange. Ses mains caressèrent mes cuisses avant de parcourir mon dos puis mon ventre. Mon tee-shirt se tendit quand elles atteignirent mes seins, mes tétons durcirent sous ses doigts lorsqu'il les pinça légèrement. Ses pouces les mirent au supplice pendant que sa bouche glissait le long de ma mâchoire. Ma tête pencha sur le côté, lui offrant mon cou, qu'il lécha avant de s'attaquer à ma clavicule.

Un ricanement tinta à mes oreilles quand mon corps essaya de s'imprimer sur le sien pour de bon. Sa langue me rendait folle, elle s'amusait à tracer des cercles sur mon épaule, électrisant une zone terriblement sensible. Le désir fit battre mon cœur plus fort, se déversa dans mes veines et explosa comme des millions de petites bulles. Mon âme libéra une dose d'essence vitale, je la sentais me traverser, m'envelopper et me faire perdre pied. Je l'offris à l'ange dont le souffle s'épanouissait entre mes doigts. Même s'il n'était pas complètement dur, je haletai et gémis au frottement de mon clitoris sur son sexe.

— Encore, susurra-t-il en remettant en place ma mèche de cheveux rebelle afin d'ancrer nos regards l'un dans l'autre.

Il était exigeant. Je pouvais voir sa détermination, teintée d'une soif égale à celle qui m'animait.

— Encore, ma déesse...

— Debbie, dis-je, le ton frêle, semblable à un feulement.

— Je sais... mais pas ce soir, petit ange.

Je sais. Ses iris onyx semblaient lire mon âme comme dans un livre ouvert. *Il savait.* Il chassa la voix fluette dans mon esprit en plongeant son visage au creux de mon cou, son souffle chaud sur ma peau. Un coup de langue libérateur assomma ma frustration. Il déposa un baiser avant de mordre délicatement la chair. *Oui, pas de doute, il devine mes pensées.* Mes reins se cambrèrent sous l'onde de plaisir, et l'énergie salvatrice s'échappa. Elle s'immisça sous l'enveloppe du déchu, dont l'érection me fit presque rougir.

Ses blessures se refermaient à vue d'œil. Je m'autorisai une petite pause afin de reprendre mon souffle et calmer mes ardeurs. Mais l'ange en avait décidé autrement...

Il se redressa, et mes doigts plongèrent dans ses cheveux emmêlés lorsque les siens effleurèrent ma culotte trempée. Mon corps se tendit quand son index écarta le tissu pour se couvrir de mon excitation et glisser au plus profond de mon intimité. Mon tee-shirt vola soudainement au pied du lit afin que sa langue atteigne ma poitrine. Elle tourna autour avant de l'emprisonner et de la laper avec avidité pendant que son doigt entamait un va-et-vient inflexible.

J'en oubliai tout le reste. Plus rien ne comptait à part la sensation de plaisir qu'il me procurait. Je retins l'orgasme imminent ; le libérer me viderait totalement et m'enverrait dans les bras de Morphée. C'était inconcevable. Pas tout de suite. J'allais céder à la tentation, profiter et m'abandonner à cette volupté nouvelle.

Je l'obligeai à se rallonger, juste pour le contempler un instant et graver dans ma mémoire son sourire à se damner. Je baissai le regard quand les flammes dansant dans ses iris me dévorèrent. De légers tremblements le secouaient et témoignaient de son impatience, que je partageais.

— Tu devrais économiser tes forces, lui intimai-je alors qu'il s'apprêtait à prendre les devants. Tes blessures sont presque toutes refermées, on peut s'arrêter là.

En avais-je envie ? Absolument pas ! J'en voulais encore, et mon traître de corps le lui fit comprendre. Il se plaqua contre le bras du déchu, quémanda encore, par quelques ondulations en réponse à ses caresses.

— Je ne vais pas te laisser comme ça, je ne vaudrais pas mieux qu'un démon.

Ma déesse et moi capitulâmes sous ses caresses se faisant plus insistantes. Je ne pus réprimer le gémissement de pure extase que je taisais depuis que ses lèvres s'étaient délectées des miennes.

Il empoigna mes hanches, qui imprimaient une délicieuse friction sur un rythme endiablé. Je n'allais pas tenir. C'était trop. Trop de plaisir, trop d'émotions, trop d'abstinence !

Dans le brouillard de mon désir, j'aperçus vaguement ses ailes m'enfermer au creux de notre étreinte. Une plume frôla mon corps tout entier. Mon âme se brisa en mille morceaux et une passion sans borne fit exploser mon cœur. Je capturai ses lèvres à nouveau pour y déverser mon énergie, et ce sauvage les mordit dans un grondement guttural. Il délivra la créature qui se tapissait au fond de mon être. Elle s'offrit jusqu'à ce que la brûlure laisse une marque indélébile. Le plaisir me submergea sans aucune pitié.

Ensuite, ce fut le trou noir.

Chapitre trois

Le rayon de soleil qui filtrait au travers des rideaux me tira de mon profond sommeil sans rêves. Mon estomac grondait de mécontentement, il réclamait sa ration de chocolat matinale. Mes paupières, aussi lourdes que du plomb, papillonnèrent avant de s'ouvrir difficilement sur la réalité. La lumière ambiante me donnait l'impression de m'éveiller au paradis. Un moment de quiétude très vite chassé par les courbatures qui m'arrachèrent des grimaces de douleur ainsi que quelques noms d'oiseaux de mon cru.

D'instinct, je cherchai mon téléphone sur la table de chevet, mais ma main tomba mollement dans le vide. Au prix d'un effort surhumain, je sortis de ma torpeur afin de saisir ce maudit appareil et... m'assis d'un bond. Je restai quelques secondes abasourdie, puis fronçai les sourcils sous les battements accélérés de mon cœur. Je ne me trouvais pas dans la chambre de mon petit appartement en banlieue parisienne. Un éclair de lucidité me frappa, et je me rappelai vaguement où je me situais. Le chalet me revint en mémoire ainsi que des bribes de la nuit précédente.

Je m'extirpai du plaid et avisai ma tenue : je portais mon jeans préféré ainsi que mon tee-shirt de la veille. Aucune trace de sang semblable à du pétrole ne les salissait. Je courus alors jusqu'à la porte-fenêtre et sortis en trombe malgré la température largement en dessous de zéro. Le jardin était aussi lisse qu'un terrain de golf, les trous en moins. Je ne discernais pas le moindre cratère suite à la chute de l'ange.

Le déchu !

Je gravis les marches deux à deux et trébuchai sur le plaid qui traînait dans le salon. L'adrénaline me rattrapa de justesse et je déboulai dans la chambre comme si Cerbère me courait après. Le lit était vide. Je défis la couverture, parfaitement bordée comme je l'aimais, et la jetai par terre. Le drap-housse était d'un blanc immaculé.

— Je suis devenue folle ou quoi ?

Avais-je tant eu envie de m'envoyer en l'air que j'avais rêvé la présence d'un déchu ? J'arrachai la parure du lit, constatant sa propreté. Je sentis le tas de draps sans reconnaître la fragrance de l'ange.

Je tombai sur mon séant, sous le choc. Ce n'était qu'un songe. J'avais passé la nuit à dormir sur le canapé et mon esprit pervers avait complètement déraillé.

Mon estomac se tordit de plus belle et émit un rugissement féroce. J'encaissai la douleur provoquée par ma bonne idée de remplacer mon repas par une tablette de chocolat et...

Minute ! J'avais faim. J'avais faim de nourriture. De tartines de pain à la confiture de fraise imbibées de lait chaud et non de... sexe !

Impossible. Depuis un an, j'avais TOUJOURS envie de sexe. Baiser rythmait ma vie. C'était presque devenu un *leitmotiv*, le petit plaisir de la journée, une sorte de moment privilégié où le quotidien s'effaçait. Dieu m'avait maudite pour soigner les cœurs des malheureux à l'aide de ma maîtrise parfaite de l'orgasme. J'étais esclave de ma libido infernale et insatiable. Alors... où se terrait ma déesse avide de luxure ?

Prise d'une panique incontrôlable, j'ouvris ma valise et fouillai à l'intérieur afin de dénicher mon téléphone portable.

— Dépêche-toi de t'allumer, saleté, vociférai-je.

L'appareil m'échappa des mains. Il se fracassa contre le parquet dans un bruit sourd. J'expirai un grand coup et évacuai la tension avant qu'il n'apprenne ensuite à voler au travers de la pièce.

Bordel, ressaisis-toi. C'est pour ça que tu as choisi de partir en vacances loin de tout. Tu voulais retrouver l'ancienne Debbie, celle qui pouvait faire un pas dans la rue sans désirer sauter sur le premier mec qui passe par là.

Une fois cette petite mise au point faite avec moi-même, je déverrouillai l'écran puis composai le numéro de mon père – un vieux réflexe qui montrait à quel point j'étais perturbée. Quand l'insupportable « biiip » me percuta le tympan, je raccrochai brutalement, comme si le téléphone m'avait mordue. Joindre mon paternel angélique dans cet état de nerfs me vaudrait des remontrances que je n'étais pas prête à entendre.

— J'ai juste pris mon rêve pour des réalités. Le manque me monte à la tête, rien de plus. Les vacances sont bientôt terminées, je vais retourner à ma petite vie tranquille de nephilim, et tout redeviendra comme avant.

Il y avait forcément une explication à tout cela... Ma Révélation n'était pas tout à fait achevée, peut-être que je subissais un contrecoup ou une baisse d'hormones ? Oui, plus j'y pensais, plus ça me paraissait logique.

La sonnerie du téléphone retentit dans la chambre. L'écran affichait le numéro de mon père ainsi qu'une photo assez drôle de sa trombine. Inévitablement, après plusieurs jours sans nouvelle, un simple appel avorté devait le faire trembler. Je décrochai ; entendre le son de sa voix me fit un bien fou :

— Debbie ? Tout va comme tu veux, ma chérie ?

— Salut, Pap's. Vous me manquiez, alors je vous passe un coup de fil pour savoir comment vous allez.

— Même à des kilomètres, je peux flairer le mensonge. Si tu romps ta période de retraite alors que tu nous as défendu de te joindre par n'importe quel moyen, ce n'est certainement pas pour nous demander des nouvelles. Ce que tu ne fais jamais habituellement, soit dit en passant. Tu as un problème ?

— Non. Enfin, oui, capitulai-je.

— Qu'est-ce qu'il se passe ?

Je ne voulais pas lui donner raison, mais je devais reconnaître que j'avais besoin de lui pour faire taire mes doutes. Même si ma mère et ma meilleure amie – cette dernière était dans la confidence – m'acceptaient sans porter le moindre jugement, il était le seul à pouvoir me comprendre.

— Papa, la prochaine fois, je t'écouterai. Je n'aurais jamais dû contrarier ma véritable nature.

— Je viens te chercher, décréta-t-il d'un ton sans appel tandis que le souffle de ses ailes se dégageant dans son dos saturait le son du téléphone.

— Non ! C'est juste un mauvais moment à passer, je dois le faire, je peux le faire !

— Debbie, il est hors de question que je te laisse mettre ta santé en danger. Je serai là dans quelques minutes.

— J'ai dit non ! Tu n'as pas le droit de débarquer ici et de me traiter comme une gamine !

— Dans ce cas, pourquoi tu m'as appelé ?

Grrr ! Un point pour le gardien céleste. Face à mon silence boudeur, il reprit :

— Tu souhaites que je contacte Alex pour...

— Papa ! Sérieux !

J'hallucinais. Je détestais quand il faisait ça, et il le savait très bien. Alex, l'un des rares nephilims qui peuplaient cette planète, avait été pendant les premières semaines suivant ma Révélation mon plan cul très régulier – à son plus grand bonheur. Mon père l'adorait, normal puisqu'il l'avait choisi pour me tenir compagnie lors de ma boulimie érotique. Je l'appréciais, je ne pouvais pas le nier, mais pas autant que l'espérait mon paternel. Bref !

— Pas de sexe, je ne suis pas d'humeur, bougonnai-je avant de couper court aux mots qui menaçaient de lui en apprendre beaucoup trop sur le trouble qui me hantait.

— Comme tu voudras. Prépare tes affaires, je me chargerai de rendre la location.

Il coupa la communication, mais je ne bougeai pas. Il se poserait d'ici quelques minutes et il remettrait de l'ordre dans le chalet d'un claquement de doigts. Je profitai de ce temps précieux pour coiffer mes cheveux, histoire de ne pas avoir l'air trop hystérique. Quand ses pas résonnèrent sur les planches devant la porte-fenêtre, je me ruai dans la chambre et attrapai entre mes bras le tas de draps roulés en boule. Je me construisis un sourire factice et une posture détendue afin de noyer quelque peu le poisson. Avant même qu'il ne rentre dans la pièce, je me tournai vers lui pour l'accueillir chaleureusement :

— Pap's ! Tu ne plaisantais pas. Tu as vraiment volé à la vitesse de la lumière !

Ses iris bleus comme un ciel d'été passèrent du tas de linge qui débordait de mes mains à mes prunelles, qu'il scruta comme s'il désirait les transpercer. J'avais beau être habituée à son aura protectrice, elle me faisait toujours l'effet d'être une petite fille sans défense. Je lâchai mon bouclier en parure de lit et me jetai dans le cocon aussi doux que du velours prodigué par ses immenses ailes. Il me serra plus fort encore contre lui. Cette étreinte familière, mélangée aux parfums de savon frais, me mit du baume au cœur.

— Merci d'être venu me chercher, murmurai-je tout bas alors qu'il embrassait le haut de ma tête.

— Il faut parfois tomber pour mieux se relever, dit-il avec tendresse en me caressant les cheveux.

Tu n'as pas idée, pensai-je en me remémorant le rêve qui me déchirait toujours le corps. Comme souvent, j'abusai encore un peu de son amour, puis le laissai me dorloter. Oui, j'étais la fille chérie à son papa. Je l'assumais pleinement, sans aucun remords. Pourtant, si du sang angélique ne coulait pas dans mes veines, j'aurais juré que ma mère n'avait pas seulement pris un café avec le facteur...

Je ne ressemblais pas à l'impressionnant ange gardien qui s'affairait à ranger le logement. Ses cheveux courts étaient d'un blond quasiment platine, sa peau laiteuse et ses traits fins rappelaient l'aspect des statues grecques, quant à ses yeux... je comprenais pourquoi ma mère était tombée sous son charme ravageur. Sa beauté froide faisait tourner les têtes, réchauffait même les cœurs de ceux qui avaient perdu l'espoir. Surtout quand il portait une chemise bleu ciel sur ce petit jeans noir qui mettait en valeur ses meilleurs atouts ! Pourquoi n'avais-je pas hérité de son physique de rêve ? Ah oui, parce que le sang humain de ma mère avait mis son grain de sel ! Attention, je ne prétendais pas qu'elle n'était pas jolie, mais elle n'avait aucune chance de rivaliser avec le charisme d'un ange.

— Debbie ?

— Hein ? sursautai-je en me rendant compte qu'il me tendait mon manteau.

— Je te demandais si tu voulais rester la journée à la maison.

— Je préfère rentrer chez moi, c'est gentil, Pap's.

— Ta mère a fait des crêpes pour le petit déjeuner, m'informa-t-il avec un petit sourire.

— Si tu me prends par les sentiments… C'est déloyal !

Il lui avait tout balancé, je le savais. Si je ne passais pas au moins l'après-midi au domaine familial, ils feraient vivre un enfer à mon téléphone, ma boîte mail, au pigeon voyageur du coin… jusqu'à ce que je craque. Une belle excuse, cette histoire de crêpes, un magnifique stratagème pour m'attraper dans leurs filets. Je l'acceptai afin qu'ils s'en tiennent à : « je regrette de n'avoir pas écouté la sagesse d'un être céleste, plus jamais je ne me priverai de sexe, j'ai bien retenu la leçon ». Je ne voulais absolument pas parler de mon absence de libido. Et puis, mon envie de chocolat restait entière ! Autant satisfaire celle-là, ça attirerait peut-être ma déesse capricieuse.

— Tu me promets qu'Alex ne sonnera pas à la porte pendant que je me goinfre de galettes et de pâte à tartiner ? Mmh ?

— Je ne maîtrise pas la volonté des gens, si vos chemins se croisent…

— Papa, grondai-je en mettant les mains sur mes hanches.

Il haussa les épaules, une moue innocente sur le visage.

— Tu m'as demandé de ne pas interférer dans ta vie amoureuse, je m'y tiendrai.

— Et dans le choix de mes partenaires d'un soir ! continuai-je en le toisant avec détermination.

— Nous en reparlerons plus tard, tu sembles... bouleversée. Ton âme scintille de manière inhabituelle. Viens, partons rejoindre ta mère, elle va se faire du mouron si nous restons plus longtemps que nécessaire.

Je le suivis dehors ; j'avais perdu cette bataille, mais je n'avais pas dit mon dernier mot. Mon père ayant toujours été très affectueux, le fait qu'il me serre contre lui ne me gêna pas outre mesure. Même si l'un de ses bras m'entourait la taille pendant que l'autre passait sous ma poitrine, je me blottissais contre son torse.

J'aimais voler. Cette sensation de liberté était unique, et je jalousais les anges pour ce privilège. Ses ailes se déplièrent, comme si elles étaient miennes, et je trépignai d'impatience en attendant qu'il ajuste mon écharpe. Un vrai papa poule ! Enfin, nous nous envolâmes vers les cieux, à une allure qui me permit d'apprécier le décollage. J'exultai. L'énergie de mon père forma une bulle protectrice autour de nous, bloquant la fraîcheur du ciel et la pluie fine. Ses battements d'ailes se firent plus puissants, le paysage s'étira tel un trait de peinture sur une toile, puis nous atteignîmes notre vitesse de croisière.

Le voyage se termina après dix minutes de vol. Nous nous posâmes directement sur le perron, tout en douceur. Je me mordis la langue afin de ne pas réclamer un second ticket. Les faveurs des anges se méritaient, même si mon père faisait une exception à la règle – j'avais appris très tôt à lui faire les yeux doux auxquels il ne pouvait pas résister –, elles demeuraient rares.

— Je retourne chercher ta valise, déclara-t-il en se détournant déjà.

— OK, les clefs de la location sont sur la porte.

Je le regardai s'éloigner, hypnotisée par le mouvement de ses ailes qui détonnaient avec la grisaille de la banlieue parisienne. Sans même frapper, j'entrai dans la belle maison de mes parents, retirai mes chaussures et me dirigeai vers la cuisine ouverte sur le salon.

— Coucou, Maman ! m'annonçai-je en lui sautant presque dessus.

— Oh, ma puce, je suis soulagée de te voir.

Contrairement à mon père, elle était beaucoup moins démonstrative ; elle m'accorda une bise appuyée ainsi qu'un grand sourire. Je lui ressemblais comme deux gouttes d'eau, les mêmes mimiques animaient notre visage et nos voix possédaient un ton identique. Je lui avais aussi chipé sa couleur de peau légèrement hâlée et son regard de biche à faire tomber les anges. Une belle femme, ma maman ; malgré ses soixante bougies soufflées, elle en paraissait quarante – l'influence de sa liaison avec mon père, je supposais.

— Je sais ce que tu penses, la coupai-je alors que je sentais déferler les reproches. Oui, ce n'était pas une bonne idée de partir seule en montagne. Oui, je ne peux pas renfermer ma part angélique sous peine d'exploser. Oui, ça m'a fait beaucoup de bien de prendre du recul et m'octroyer quelques jours juste pour ma pomme.

— D'accord. Tu as l'air reposé en tout cas.

— J'ai pourtant passé une nuit épouvantable ! ricanai-je.

Je partis en quête du pot de pâte à tartiner puis en étalai une portion très généreuse sur la crêpe qui terminait de cuire. J'en engloutis trois autres tout en racontant mes journées au chalet, mon boulot qui me sortait par les yeux et le dernier lapin posé à Alex. Mon père choisit ce moment précis pour faire son entrée, me fusillant de son regard désapprobateur. Il s'assit en face de moi, ses mains se joignirent sur la table et ses prunelles m'emprisonnèrent entre deux étaux. J'étais fichue.

— Que s'est-il passé, Debbie ? Cela faisait cinq jours que tout se déroulait bien. Puis, tu m'appelles subitement, comme si le diable t'avait démasquée. Cette attitude ne te ressemble pas.

— Un truc idiot, ne t'inquiète pas.

— Bien sûr que si, je m'inquiète. Les êtres de ton espèce ne survivent pas bien longtemps dans notre monde. Vos talents et votre bénédiction sont convoités par les deux camps. Beaucoup deviennent esclaves dans des maisons closes infernales ou au service des hauts représentants de notre hiérarchie. Ce que je ne supporterais pas, ma chérie.

— T'es obligé de dramatiser à ce point ? Sérieusement ? J'ai juste fait un cauchemar !

Je me sentis honteuse. Profondément nulle. J'avais crié au secours pour un simple mauvais rêve. *Pitoyable.*

— Quel genre de cauchemar ?

— Rien de prémonitoire.

— Tu es pourtant dans le même état qu'après une vision.

— J'ai rêvé qu'un ange tombait du ciel, déclarai-je, excédée.

Le visage si parfait de mon père se décomposa, et la cuillère que tenait ma mère chuta bruyamment sur le carrelage.

— Ses ailes brûlaient ainsi que tout son corps. Il s'est écrasé dans le jardin et je me suis précipitée jusqu'au cratère afin de lui venir en aide. Je savais que c'était une erreur, mais... j'ai quand même sauté à l'intérieur. Je me suis réveillée parce que j'avais... l'impression de m'être enflammée.

— Tu as couché avec lui ? m'interrogea mon paternel d'une voix blanche.

— C'était juste un...

— Tu lui as offert ton énergie, oui ou non ?

— L'orgasme m'a plongée dans le sommeil, ça te va ?

D'ordinaire, cela ne me dérangeait pas d'évoquer mes ébats, mais ça me contrariait énormément aujourd'hui.

— À ma connaissance, aucun jugement n'a eu lieu cette nuit. Je vais tout de même demander confirmation à Gabriel. En tout cas, sois sans crainte, j'ai fait le tour du chalet et survolé la vallée sans ressentir la moindre essence si ce n'est la tienne.

J'acquiesçai.

— Papa ? l'interpellai-je alors qu'il se levait. Si jamais un ange venait à déchoir dans ma baignoire, que dois-je faire ?

— Tout sauf lui offrir ta bénédiction.

— Pourquoi ?

— Parce que les déchus ont besoin de lier leur âme à une entité du bien ou du mal afin de trouver un certain équilibre. Debbie, si le destin met l'un de ces traîtres sur ton chemin, la meilleure chose à faire est de lui arracher les ailes. Si tu ne t'en sens pas capable, alors fuis le plus loin possible, mais ne pose surtout pas ton regard dessus.

Une vive douleur me comprima l'estomac, au point de m'empêcher de reprendre une inspiration sans dévoiler mon malaise. Heureusement, mon père partit vite et s'envola en direction du paradis.

— Tu veux que l'on sorte pour se changer un peu les idées ? proposa ma mère avec douceur, comme si elle craignait de m'effrayer davantage.

— Houla ! Qui dit vacances, dit farniente ! m'écriai-je afin de me donner une contenance. Je vais plutôt me poser sur le canapé et attendre que le temps passe.

— Comme tu voudras, ma puce.

Je quittai la table, attrapai ma valise au passage et la retournai afin de trouver mon livre en cours. Une romance érotique, forcément. La lecture était une véritable échappatoire. Je comptais bien me vider la tête et oublier cette mésaventure créée de toutes pièces par ma libido en mal. J'allais me venger en la soumettant aux fantasmes libertins d'un jeune couple en quête de plaisirs.

Je m'allongeai confortablement, me prélassant devant le feu qui crépitait dans le poêle à bois, un coussin sous la nuque. Sous mes doigts, je m'étonnai de la texture très duveteuse du marque-page. J'ouvris le livre à la bonne page et restai totalement interdite lorsque mes yeux se posèrent sur la tache dorée qui s'étalait sur le papier. Je fus comme foudroyée quand je la caressai d'une main tremblante. Ma déesse se libéra de ses entraves, embrasant mon bas-ventre et réclamant une nouvelle nuit d'ivresse.

Je regrettai alors d'avoir refusé la visite d'Alex.

Chapitre quatre

Les derniers jours défilèrent avec une lenteur insoutenable. J'avais passé le plus clair de mon temps à jouer avec la longue plume blanche à l'extrémité dorée. Je n'osais même plus m'endormir de peur qu'il ne débarque soudainement, ou encore de rester impuissante face au désir dans mes songes. J'avais inspecté mon corps sous toutes les coutures sans distinguer la moindre trace de marquage – ce qui était souvent le cas dans les pactes ou autres méthodes de liaison. Mon père m'avait rendu visite plus souvent que nécessaire après mon départ ; aucun ange n'était tombé cette nuit-là, et il ne décelait pas de changement au niveau de mon âme.

Mais cette rémige, je pouvais bel et bien la toucher, la tourner et la retourner entre mes doigts. Elle existait réellement. Il ne pouvait pas s'agir d'une mauvaise blague, personne – mis à part mes parents – n'avait eu connaissance de mon lieu de voyage. Je savais qu'elle était authentique, car la fragrance particulière de l'ange s'en dégageait. Son odeur me collait à la peau. Mon corps se remettait à peine de nos ébats ; les courbatures s'estompaient, mais ma nature véritable continuait de bouder dans son coin.

— Courage, plus que quatre jours avant le week-end, me motivai-je en passant la porte des éditions Éducatia.

Le quotidien allait détruire bien trop rapidement le bénéfice des vacances, mais revoir certaines de mes collègues me donnait envie de me rendre au boulot de bonne humeur. Mon premier réflexe fut de débarquer dans le bureau d'Estelle, afin qu'elle m'apprenne tous les commérages et bruits de couloirs du moment. Dans cette boîte, une semaine d'absence équivalait à un abonnement d'un an aux magazines de potins ! Un véritable sport. On pensait même créer notre propre journal interne juste pour rigoler un peu – mais on s'accrochait trop fort à notre chèque en fin du mois pour oser.

— Oh, allez ! Raconte-moi ! Je veux être au courant de tout ! dit-elle une fois tous les ragots relatés.

— Tu savais que les écureuils pouvaient faire tenir trois noisettes dans leurs bajoues ? Nan, honnêtement, j'avais emporté ma ceinture de chasteté...

— Rooh ! Très drôle. Tu as jeté ton dévolu sur un incroyable brun à barbe genre hipster ou un beau métis ? Han ! Je sais, je sais ! Ton père a vendu la mèche à Alex, qui a débarqué avec une bonne bouteille de vin et un bouquet de roses à la main.

— Je préfère encore aller en enfer ! dis-je en feignant de m'évanouir. Bon, d'accord, j'admets qu'Alex est beau à se damner, mais j'ai refusé, car ça impliquait de l'inviter à dormir puis à passer la semaine au chalet avec lui. Et, c'est bizarre... j'en avais pas du tout envie !

— Le pauvre.

— Oui, j'ai presque honte de parler de lui comme ça. Presque.

Nous partîmes dans un rire communicatif qui mit un peu d'ambiance à l'étage. En réalité, j'aimais beaucoup Alex et les moments intimes décomplexés que nous partagions. Il était un très bon amant, je le reconnaissais. Nous n'étions juste pas faits l'un pour l'autre ; son côté angélique m'exaspérait, même s'il faisait des efforts. Il connaissait mes sentiments à son égard, et je n'ignorais pas les siens. Notre relation était purement physique – au grand dam de mon père.

— On mange ensemble, ce midi ?

— Ça marche, me répondit-elle. Ton chef n'est toujours pas là, profites-en pour lire tes mails.

Je lui adressai un signe de main, puis pénétrai dans l'*open space* où se situait mon poste de travail. J'avisai la pile de dossiers à traiter et décidai de me préparer un thé. J'allais avoir besoin de motivation ainsi que d'une haute dose de patience. Surtout de patience.

Après une matinée passée à ressasser mes merveilleuses vacances, j'avais presque oublié de me départir du sourire niais qui étirait mes lèvres lorsque midi sonna. J'écoutai d'une oreille distraite les plaintes de mon amie dont la responsable était exécrable. Nous parlâmes de notre hiérarchie composée de bras cassés puis déviâmes sur notre sujet préféré : les mecs.

— Tu te rends compte, je ne lui ai même pas demandé son nom, lui révélai-je en pensant au déchu – j'avais craché le morceau, en omettant les détails les plus croustillants, à savoir sa nature angélique et le rêve.

— Ce n'est pas la première fois que tu ne t'en souviens plus ou que tu confonds tes partenaires.

— Il a été le seul en cinq jours, alors crois-moi, c'était une véritable délivrance.

— Je m'en doute. Tu le recroiseras peut-être un jour, qui sait ? Tu pourras le lui demander.

— Ouais, j'espère pas trop non plus. Tu sais bien que c'est compliqué de me mettre en couple, je ne suis pas certaine de rester fidèle à un même homme... C'est plus fort que moi ! Enfin, et toi, avec Kaleb, comment ça se passe ?

« Kaleb », le mot magique qui faisait briller les yeux de la blonde. En quelques soirs, le charmant garçon avait évincé ses principaux concurrents, obtenant les faveurs d'Estelle – elle conservait malgré tout son *sex friend* favori, l'indétrônable rugbyman à faire pâlir de jalousie Apollon. Le barman appréciait tout particulièrement ses formes généreuses – dire qu'elle désirait se mettre au sport pour perdre les quelques kilos lui seyant si bien – ainsi que son caractère très facile à vivre. Ils s'entendaient à merveille et pas uniquement autour d'un verre !

— Trop beau pour être vrai, mais j'en profite à fond ! s'exclama-t-elle en me faisant un clin d'œil. Nous sommes sur la même longueur d'onde, alors ça me convient.

Tout comme moi, elle avait une règle d'or : pas de sentiments. Sa précédente relation l'avait anéantie, et elle ne redonnerait pas son cœur de sitôt. Je ne pouvais que la conforter dans son choix... surtout après une année passée à recoller les morceaux de son âme.

— Cool ! Vous vous voyez ce soir ?

— Non ! Je voulais te proposer d'aller boire un verre pour fêter ton retour parmi nous. Si t'es dispo, bien sûr ? Anna et Tom sont partants. Tu peux dormir à la maison, sauf si tu as peur de me confondre avec l'un de tes amants.

— Promis, j'essaierai de ne pas te serrer contre moi pendant mon sommeil, cette fois. Même si je te soupçonne d'adorer ça !

— OK, j'avoue, j'espère secrètement que tu acceptes mon invitation juste pour finir la nuit entre tes bras.

Je levai les yeux au ciel tout en secouant la tête, tout aussi amusée que gênée par ce souvenir.

— Bon, c'est l'heure de retourner au travail, déclara-t-elle en mettant son manteau. Tu sais que ton chef courait dans tous les sens en ton absence ? J'ai tellement rigolé.

— Ne m'en parle pas... Je pars une semaine et tout le service s'arrête de tourner. C'est grave. Il n'a même pas été fichu de m'expliquer quelles décisions ont été adoptées sur le projet des ouvrages d'Histoire. Par contre, je peux te dire ce qu'a vomi sa fille mercredi dernier.

— Aaah ! Ça me dégoûte !

Je sortis du restaurant, l'estomac plein de succulentes lasagnes et de deux verres de rosé, puis tins la porte à Estelle. Une légère brise souleva mes cheveux, charriant une odeur prononcée de vanille. Mon cœur s'emballa lorsque je me retournai afin de chercher du regard celui auquel appartenait ce parfum. La rue était vide, tout comme le ciel que je scrutai minutieusement, sans visualiser le déchu.

— Hey, tu viens ? m'interpella la voix d'Estelle.

Je lâchai précipitamment la porte, revins à la réalité et m'arrachai à la contemplation du ciel. Je rencontrai alors deux iris sombres qui me sondaient avec curiosité. J'eus si peur que je poussai un petit cri avant de bondir en arrière.

— Désolé, je ne fais pas cet effet-là aux femmes habituellement.

Je jaugeai le jeune homme qui me tendait mon sac. L'ombre d'un sourire se dessina sur mon visage, et je m'excusai pour cette réaction excessive.

— Pas de souci, mademoiselle.

Je saisissais l'anse du sac quand mes doigts touchèrent le dos de sa main. Elle était beaucoup trop chaude. Cette température trahit le monstre qui se cachait derrière sa gueule d'ange. Son regard ne cilla pas, mais sa tête pencha légèrement sur le côté quand je balançai mon sac sur l'épaule et m'éloignai en prétextant rejoindre mon amie.

— Heureusement que vous étiez là, je suis vraiment distraite, lui dis-je en lui désignant ma besace tout en traversant le passage piéton jusqu'au trottoir d'en face. Bonne journée !

Estelle comprit immédiatement que quelque chose clochait. Je l'entraînai dans la rue opposée à la maison d'édition. Elle marcha droit devant elle sans jeter un dernier regard dans son dos. Nous reprîmes notre conversation comme si l'incident n'avait jamais eu lieu :

— Deux heures de réunion pour choisir le nouveau Pantone[®1], je vais m'endormir, c'est sûr ! Je ne comprends même pas pourquoi je suis conviée, je ne suis pas la secrétaire de mon chef !

— Parce que tu vas mener les tests, voilà pourquoi il a besoin que tu sois présente. Comme ça, il n'aura même pas besoin de te faire un compte rendu.

— Pffff, ça me saoule.

Nous bifurquâmes afin de reprendre le chemin menant à notre entreprise. Nos talons claquant avec plus de légèreté sur le sol, nous nous autorisâmes à souffler quelques instants. Un coup d'œil derrière mon épaule m'apprit que l'homme ne nous suivait plus.

— Ce type n'était pas *normal*, hein ? demanda-t-elle d'une voix éraillée, la peur tirant ses traits.

— Je n'en suis pas certaine...

— Debbie, n'essaie pas de noyer le poisson. C'était bien un démon ?

---

1 Collection de couleurs identifiées par un code. Un Pantone permet d'obtenir avec exactitude la couleur désirée à l'impression.

— Il en avait l'aura, en tout cas.

— Tu veux qu'on annule ce soir ? On peut se faire un truc à l'appart, ce serait peut-être plus prudent.

— Non, c'est bon, je ne vais pas m'empêcher de vivre parce que j'ai touché la main d'un résident des enfers. On en croise tous les jours sans même le savoir, tout comme des anges qui quadrillent la ville depuis les Cieux. Si je commence à devenir parano, autant que j'entre au couvent tout de suite !

— J'ai vu comment il t'a regardée quand tu t'es tournée, s'inquiéta-t-elle en jetant un œil par-dessus mon épaule. Il ne s'est même pas aperçu que des flammes remplaçaient ses yeux. Crois-moi, s'il avait pu dévorer ton âme, il l'aurait fait.

— Si c'est l'effet qu'il t'a fait, alors tant mieux, il m'a prise pour une humaine. Les nephilims ne figurent jamais aux banquets des démons. Notre existence relève presque de la légende, ils ne gâcheraient pas l'opportunité d'en posséder une.

— Même si ça ne sert à rien de se voiler la face, je n'aime pas du tout quand tu me dis tout ça.

— Ce qui me dérange le plus, c'est que je parle comme mon père... Je me fatigue ! Allez, ne t'en fais pas, il ne m'arrivera rien ce soir.

En réalité, j'angoissais à l'idée d'aller boire un verre dans un bar. Et, en même temps, à quoi ressemblerait ma vie si je tremblais à chaque fois que je mettais le nez dehors ? Je tenais à mon quotidien, aussi ennuyeux soit-il. J'avais déjà croisé des démons, beaucoup plus que des anges, même, et je n'étais pas morte. La chute de mon partenaire d'un soir m'avait bien plus affectée que je voulais le reconnaître.

Le contact de la plume me manquait, mon pouce et mon index cherchaient sa douceur. Je la visualisai dans la petite boîte cachée dans ma bibliothèque et usai de cette image pour chasser mes tourments.

J'accompagnai Estelle jusqu'à son bureau ; égarée dans ses pensées, elle ne se dévêtit pas et conserva même sa grosse écharpe remontée jusqu'aux oreilles. Avant que je ne parte en direction du mien, elle me glissa :

— Merci de m'avoir dit la vérité.

La culpabilité étreignit mon estomac trop plein. Dans quoi l'avais-je entraînée en lui révélant mon secret ? D'un côté, il me semblait la protéger, ainsi, elle portait un regard différent sur le monde. Pourtant, je me demandais si l'ignorance ne valait pas mieux. Certes, il était trop tard pour regretter, mais je ne me pardonnerais jamais s'il lui arrivait quoi que ce soit à cause de moi.

Je broyai du noir pendant la première heure de réunion, participant sans enthousiasme aux débats et choix de la rédaction. Emportée par l'effervescence de certains responsables, je sortis de ma torpeur lors de la seconde. Quand la séance fut levée, j'étais si heureuse d'avoir apporté ma modeste contribution que je déboulai dans l'*open space* avec un sourire béat aux lèvres. Je planchai sur les modifications visuelles des maquettes papier impactées sans voir les aiguilles défiler sur l'horloge. Le boulot me coupait toujours du monde, raison pour laquelle j'éprouvais des difficultés à décrocher. Cela m'occupait assez l'esprit pour oublier les envies concupiscentes qui me rongeaient perpétuellement. Enfin... elles boudaient encore depuis cette fameuse nuit au chalet.

Ma montre affichait dix-neuf heures lorsqu'Estelle ferma la session de mon ordinateur et m'évacua de l'*open space* sans ménagement. Anna et Tom patientaient sur le palier, ce dernier retenant l'ascenseur, dont les portes essayaient de se refermer sur son pied. Je sautai à l'intérieur, puis saluai mes deux collègues, qui se moquaient de mon parapluie aux couleurs de la société.

— T'es trop *corporate* ! ricana Tom.

— Peut-être, mais j'ai de quoi me protéger de la pluie, contrairement à toi...

Nous nous chamaillâmes ainsi jusqu'au métro. Taquine, je le poussai de temps à autre alors qu'il cherchait à se mettre sous mon parapluie. Ses cheveux bruns furent mouillés, c'était inévitable, et il me le reprocha pendant tout le reste du trajet en transports nous menant au bar branché « Chez Mathilde ». Nous nous installâmes à notre table habituelle – celle du fond – et je parvins enfin à le faire changer de sujet en mettant ma réunion sur le tapis, mais Anna nous rappela très vite à l'ordre :

— Bon ! On est là pour boire ! Vous aurez tout le temps de papoter technique à la machine à café demain.

La petite brune commanda nos quatre consommations favorites, que le serveur nous distribua sans se tromper. Ses yeux verts pétillèrent tout autant que les bulles de son champagne et Tom, assis à côté d'elle, profita de son inattention pour la regarder avec un air d'amoureux transi. C'était trop mignon... dommage qu'elle ne veuille pas de lui ! Ils formeraient un beau couple tous les deux. Il était pourtant beau garçon – grand, plutôt bien bâti, des yeux bleus et une barbe bien taillée –, mais elle ne désirait pas mélanger privé et boulot.

Il m'a dit s'être fait une raison, tu parles !

Estelle me jeta un coup d'œil entendu. Je me tournai vers elle quand Tom entama une conversation teintée de séduction avec Anna – il ne perdait pas de temps, le coco ! Avec Estelle, nous sirotâmes notre verre et discutâmes mode. Pourtant, je ne prenais pas vraiment soin de mon image ; la preuve, je portais un jeans slim et un pull noir avec des chaussures marron, alors qu'Estelle avait opté pour une robe grise, des bottines noires accordées à ses boucles d'oreilles et sa manucure. J'étais de nature discrète, une qualité essentielle dans mon cas, et préférais le confortable au paraître. En plus, depuis ma Révélation, mon charme naturel fonctionnait comme un aimant lorsqu'une crise de manque pointait le bout de son nez. Inutile d'en rajouter en exposant mes formes et ainsi faire tourner la tête de la gent masculine !

— Tu as acheté toute la collection d'automne ? Vraiment ?

— Presque, ils étaient en rupture de stock du vernis noir à cause d'Halloween, confirma Estelle avec désinvolture.

— Tu me les montreras en rentrant ?

— D'accord, mais tu ne pourras pas me tenir responsable si tu dépenses toute ta paie chez eux.

Le sujet dévia rapidement sur Kaleb, puis sur le déménagement d'Anna qui approchait. Le bar se remplissait à mesure que nos verres se vidaient. Nous fûmes contraints d'élever la voix afin de nous entendre, la musique ainsi que les discussions des clients formant une véritable cacophonie.

— Je vais nous chercher une nouvelle tournée, annonçai-je au groupe.

L'alcool grisait mon esprit, mais pas assez pour me faire tituber ou rire bêtement. Je jouai des coudes afin de parvenir jusqu'au bar et pris place sur un tabouret haut en attendant de prendre ma commande. Un mauvais pressentiment naquit dans ma poitrine au moment où la chaise de gauche crissa contre le sol. Je fronçai les sourcils lorsque cette même fragrance vanillée flotta entre celles des cocktails et de la nourriture.

Et si l'homme à côté de moi était...

Je braquai mon regard sur l'individu qui me reluquait sans gêne. La peur me cloua sur mon siège. Je sentis mon cœur cesser de battre avant de cogner contre mes tempes dans une douleur qui me souleva l'estomac. Ce sourire suffisant appartenait au démon croisé dans la rue sur mon temps de pause.

— Bonsoir, lui dis-je en décidant de la jouer fine, comme si j'ignorais tout de ses origines.

— Bonsoir, Mademoiselle. Décidément, le monde est petit... ou le destin souhaitait que nous nous rencontrions à nouveau. Je peux t'offrir un verre ?

— C'est gentil, mais je suis venue avec des amis.

— J'insiste, bois en ma compagnie.

Sous ma peau, je sentis son pouvoir de persuasion s'immiscer et contaminer ma volonté. Mon sang angélique combattit cette agression et chassa même les dernières traces d'alcoolisation. L'euphorie s'évapora pour laisser place à de la méfiance et à une sensation de mal-être. Comme me l'avait appris mon père, je muselai ma déesse et l'enfermai à double tour dans un coffre enchaîné que je dissimulai au plus profond de moi.

Le barman déposa un mojito devant mes mains.

— Pour vous, de sa part, dit-il en désignant le démon.

La créature démoniaque avait préparé son coup. Je le remerciai en jouant les timides, mes joues rougissantes alors que je n'osais pas l'affronter du regard. Je bus une gorgée, mais le liquide, devenu semblable à de l'acide, refusa de s'écouler dans ma gorge. Le pouvoir de mon rencard forcé coulait sur et sous ma peau, s'immisçait partout, à la recherche d'une faille pour me faire flancher.

— Parle-moi un peu de toi.

— Je travaille dans une agence de communication, mentis-je sans trop modifier la réalité afin de ne pas me trahir.

Mais, je suppose que je ne passe pas un entretien d'embauche, donc ce n'est pas mon CV qui t'intéresse. Je reviens tout juste d'une semaine de vacances triste à mourir. S'il te vient l'envie de te terrer dans un coin paumé histoire de décompresser, un conseil : pars plutôt en Thaïlande avec une bande de potes ! Au fait, je m'appelle Debbie, et toi ?

J'avais débité mon laïus sans même respirer. Son essence parcourait mon âme à la recherche d'un quelconque indice que je ne lui offris pas. Le silence perdura. J'avais la gorge sèche, et mon sourire de façade s'étiolait petit à petit. Je me concentrai sur Gueule-d'Ange dont la beauté irréelle aurait été envoûtante dans d'autres circonstances. Je n'avais pas remarqué jusqu'ici combien sa carrure était imposante. Il avoisinait les deux mètres !

— Tu es une humaine, souffla-t-il plus pour lui-même.

— Pardon ? J'ai mal entendu avec tout ce bruit. Tu disais ?

— Comment un être de son rang a pu choisir une créature aussi insignifiante qu'une mortelle ?

— Désolée, je ne comprends pas un mot de ce que tu dis, feignis-je, avalant d'une traite la fin de mon verre. Bon, cette fois, nos chemins se séparent ici. Merci encore pour mon sac et le verre, c'était sympa de bavarder.

Sa main s'abattit sur ma cuisse, me brûlant au travers du jeans, et un sourire carnassier étira ses lèvres.

— Je connais quelqu'un qui aimerait beaucoup te rencontrer, susurra-t-il à mon oreille, son souffle chaud sur mon cou me faisant frissonner.

— Ah ? Je bosse demain et je commence à être fatiguée. Je ne vais pas tarder à rentrer...

Il enroula l'une de mes mèches de cheveux autour de son doigt et raffermit sa prise sur ma jambe. Sa voix devint plus rocailleuse, ses dents plus proéminentes, et un léger fumet de soufre s'échappa de ses pores. Le jeu était terminé.

— Tu sais ce que je suis, tu l'as compris quand ta main a caressé la mienne. La température corporelle des démons est supérieure à celle des humains, comme si la fièvre nous consumait. Je m'étonne qu'il ne t'ait pas mise en garde et te laisse aller où bon te semble sans gardien.

— Bon, écoute, je ne sais pas de quoi tu parles...

— On ne ment pas à ceux qui excellent dans l'art de tromper leurs adversaires, ricana-t-il avec un sourire mauvais.

Je quittai brusquement ma place, mais son corps se plaqua contre mon dos puis ses bras puissants me retournèrent. Je cessai de me débattre quand son aura me l'insuffla, je devais tenir mon rôle à tout prix.

— Oh... que vois-je ? Serait-ce de la terreur que je lis dans ton regard ? Tu n'as pas terminé de trembler, humaine, ce j'aime par-dessus tout, c'est ressentir la souffrance de mes proies.

J'avais envie de hurler à m'en briser la voix. Son érection frottait mon bas-ventre pendant que son regard me promettait des tortures au-delà de mon imagination.

— Suis-moi sans faire d'histoire et il n'arrivera aucun malheur à tes amis. Du moins, rien de mortel...

Je hochai la tête, il venait de formuler ma plus grande peur. Je refusais que mes amis paient le prix de ma nature. Il enserra ma main, comme si nous étions un couple lambda, puis m'entraîna à sa suite. Mes jambes peinèrent à m'emporter jusqu'à la sortie, elles menaçaient de me lâcher à tout moment. Le froid n'atteignait même pas mon corps dont le sang se cristallisait dans les vaisseaux où pulsait l'adrénaline. Des idées folles me traversaient l'esprit, mais je me forçais à être rationnelle, la vie de mes collègues primait sur mon évasion.

Le démon m'emmena derrière le bar, où une berline noire attendait. C'était ma dernière chance de lui échapper. Je plongeai ma main dans la poche de mon jeans, où j'avais glissé mon téléphone portable avant de me rendre au bar. Les forces me quittèrent quand je me rendis compte que l'objet n'était plus là.

— C'est ça que tu cherches ? cracha le malin en me propulsant contre le mur.

Il emprisonna mon cou entre ses doigts, et le sol se déroba sous mes pieds. De sa main valide, il me montra le téléphone avant de le briser grâce à sa force surhumaine. Mes pieds battaient désespérément dans le vide afin de retrouver un appui. Ma tête allait se détacher de ma colonne vertébrale s'il continuait à me tenir ainsi. Ma vue se tacheta de points noirs, le visage du démon s'effaça lentement et les ténèbres m'accueillirent. Contre toute attente, il ne me fit pas passer de l'autre côté. L'air qui entra à nouveau dans mes poumons me brûla la trachée. Des perles d'eau salées roulaient sur mes joues alors que je toussais sous la douleur de la mort m'abandonnant à mon triste sort.

— C'est l'humaine dont tu m'as parlé ? demanda une voix féminine où transpirait une haine à l'état brut.

— Oui, maîtresse.

Ma tête rencontra à nouveau les briques froides du « Chez Mathilde ». Un craquement retentit sous mon crâne et un liquide chaud coula dans ma nuque. Je hurlai en silence le nom angélique de mon père, mais je savais pertinemment qu'il serait sourd à mon appel de détresse.

— Pas de doute, c'est bien la putain de l'archange, elle empeste son odeur !

Chapitre cinq

Une douleur cuisante m'obligea à reprendre mes esprits. La joue droite m'élançait, maltraitée longuement afin de me sortir du coma. Je gémis sous la torture du marteau-piqueur tambourinant le derrière de mon crâne. Je désirai m'enquérir de l'état général de ma tête, mais des menottes entravaient mes poignets. La pièce où je me trouvais m'apparut petit à petit, ma vue s'habitua à l'obscurité ambiante, qu'une flamme en provenance d'une bougie troublait.

On m'assena une nouvelle gifle et un goût de fer m'emplit la bouche. J'entendis le rire sadique de mon geôlier avant qu'il ne se fasse réprimander par la femme m'ayant broyé la cervelle :

— Ces petites choses sont fragiles, imbécile ! Nous avons besoin d'elle pour localiser l'ange, tu joueras plus tard.

L'éclat de lumière rougeâtre qui dansait dans la salle était en réalité la chevelure incandescente de la démone. Elle me toisait avec dédain dans sa tenue parfaite en cuir noir qui couvrait le strict minimum de sa poitrine compressée entre les lanières. Au premier coup d'œil, on pourrait penser que cela faisait cliché, mais elle était vraiment superbe. Une créature infernale dans toute sa splendeur, même le paradis ne comptait d'aussi belles femmes. Elle dégageait une aura sombre et une puissance similaire à celle d'une marquise infernale. Je la soupçonnais plutôt d'être une princesse.

Pas de doute, seul un miracle pouvait protéger mon âme de ses griffes. *Pitié, faites que je sois dans les petits papiers du Sauveur ou que mon père fasse du zèle !*

— Où est-il ? cracha-t-elle, hargneuse.

— Je ne sais pas de qui vous parlez, croassai-je.

Je me maudis de défendre les ailes d'un ange s'étant joué de ma faiblesse. Pourquoi prenais-je la peine de le protéger ?

J'essayai de disparaître dans le bois de la croix à laquelle je pendais quand elle colla son visage au mien afin de capturer mon regard. Des milliers de dents s'enfoncèrent subitement au-delà de ma chair, une douleur atroce me fit tirer sur les chaînes retenant mes poignets. Irrépressible, mon hurlement résonna comme celui d'une banshee[2]. La souffrance s'estompa lentement, mais les mâchoires conservaient leur prise sur mon âme. Je ravalai les sanglots qui me secouaient, non pas par fierté, mais afin d'arrêter de tirer sur mes liens.

---

2   Créature féminine surnaturelle de la mythologie celtique irlandaise, considérée comme une magicienne ou une messagère de l'Autre monde. La banshee annonce la mort par un cri ou hurlement terrifiant, à glacer le sang.

— Je peux continuer à te torturer jusqu'à ce que la folie t'emporte ou que ton cœur cesse de battre. Cela peut prendre plus ou moins de temps, la finalité sera la même, tu avoueras où l'ange se cache. Mais, les effets seront irréversibles, tu ne seras plus rien.

Étrangement, cette perceptive d'avenir ne m'enchantait pas du tout.

— Alors que, si tu es une gentille fille, je ne te détruirai pas, continua-t-elle en envoyant un regard malsain à son associé.

En gros, j'allais finir en pâté pour démon. Dans le sens littéral du terme. Je préférais encore choisir le néant.

— Dis-moi où est l'archange.

Un *archange*. J'avais assisté à la chute d'un archange. Je peinais à y croire.

— Je ne sais pas, répondis-je. Je ne sais pas du tout.

— Tu as couché avec lui ?

Je rêvais où je venais de déceler de la *jalousie* dans son ton éraillé ?

— Mmh, non, mentis-je.

L'impact de son poing sur mon visage fut semblable à une caresse, comparé aux morsures qui me lacéraient l'âme. Je souffrais comme jamais.

— Il s'est refusé à moi pour une humaine ! hurla-t-elle, sa peau craquelant comme du vieux papier. À MOI ! POUR UNE HUMAINE !

Mon instinct de survie prit le dessus, mon ange intérieur s'extirpa de son coffre et diffusa de l'énergie en quantité afin de pallier la douleur. Je le renvoyai aussitôt au fond de mon âme lorsque la démone revêtit sa forme originelle. Son excès de fureur me déchirait les entrailles et son apparence monstrueusement sublime faisait saigner mes yeux incapables de soutenir cette vision irréelle.

— Où se cache l'archange ? Ce lâche préfère que je te fasse mal alors qu'il est censé protéger sa maîtresse.

— Je ne...

— Tu t'es liée à lui, humaine ! Tu le sens, il ne peut t'échapper, il t'appartient ! Donne-moi l'archange ! DONNE-MOI NATHANAËL !

Des goulettes perlèrent sous mon crâne, j'avais la sensation que sa colère pulvérisait tous les os de mon corps. Son acolyte recula jusqu'à l'entrée de la cellule, l'implorant de se calmer. Je ne voulais pas mourir, mais je ne supporterais pas ce châtiment bien longtemps. Je m'accrochai au prénom du déchu, le fis rouler sur ma langue en évitant de la mordre. Je l'appelai de toutes mes forces, j'imaginai son baiser sauvage, son souffle me prodiguer la force nécessaire pour tenir. Je crus sentir ses arômes de vanille et de cacao sur mes lèvres, mais le soufre emplissant la pièce me fit suffoquer et chassa tous mes espoirs.

— Le... Jura, bredouillai-je d'une voix si frêle que je craignais le déchirement de mes cordes vocales. Cha...let...

Le sous-fifre me fit répéter deux fois l'adresse avant que le silence ne remplace définitivement mes mots.

— Ces humains, ils sont plus résistants que l'on peut le croire, plaisanta Gueule-d'Ange, son sourire figé trahissant la crainte que lui inspirait la démone.

— Elle devrait te procurer un certain plaisir, renchérit-elle, la colère ayant disparu de ses traits, redevenus ceux d'une sulfureuse jeune femme. À moins que j'en fasse ma damnée, juste pour faire regretter à l'archange de s'être fourvoyé. Quoique j'adorerais voir sa réaction si tu l'emportais afin de lui faire vivre l'éternité en enfer.

J'eus envie de l'insulter, de lui montrer à quel point elle se trompait à mon sujet, mais une petite voix m'interdit d'émettre le moindre commentaire.

— Invoque Ruth, qu'il garde un œil sur elle. Nous partons chasser l'emplumé ! J'ai toujours rêvé d'arracher les ailes d'un céleste.

Ils partirent sans un regard en arrière et les dents s'ôtèrent enfin de mon âme. Je respirais à nouveau, bien que l'angoisse me retourne l'estomac. Une fois la porte close, j'activai tous mes pouvoirs de guérison, qui réparèrent mon esprit. Habituellement, l'utilisation prolongée de cette énergie provoquait une faim incontrôlable à assouvir sous peine de me transformer en furie assoiffée de sexe. La visite du déchu m'en privait, et je remerciai presque le ciel pour ce cadeau – bien qu'il soit la source de mes problèmes.

Soudain, les gonds de la porte émirent un grincement sinistre. Ruth, une jeune recrue au vu de sa forme physique davantage démoniaque, pénétra dans la pièce puis s'adossa au mur d'en face. Son regard de braise se promena sur mon corps de haut en bas avant de se poser sur ma poitrine nue. NUE ? Bordel de... Ah ! Non. Au temps pour moi, mon soutien-gorge en dentelle blanche la décorait tels de fins traits tracés au pinceau sur ma peau.

— Ça va, tu te rinces bien l'œil ? La vue te plaît, Ruth ?

Ma voix suraiguë décrédibilisa totalement ma tentative de dissuasion et fit briller ses prunelles avides.

— Pas mal, pour une mortelle.

Oh... son timbre était si doux, si suave... comme un fondant au chocolat sorti du four : délicieux, mais trop brûlant. Il me décocha un sourire ravageur qui me fit rougir, une vraie adolescente devant le bad boy du lycée. Si des immondes résidus d'ailes ne dépassaient pas de son dos et qu'une vilaine cicatrice ne barrait pas son visage, je me serais bien laissée tenter pour le goûter.

— Tu veux les caresser ? l'allumai-je.

Ses yeux suivirent les mouvements lents et aguicheurs de mon bassin.

— Avec plaisir.

Il fit un pas en avant puis se ravisa. Il croisa les bras sur sa poitrine, faisant gonfler ses pectoraux, que je gratifiai d'un coup d'œil lubrique.

— J'ai interdiction de te toucher. Sauf avec les yeux...

Donc, il mordait à l'hameçon. Ah ! les démons... la tentation représentait leur plus grande faiblesse. Je tenais peut-être l'unique chance de m'enfuir !

— Dommage, minaudai-je.

Je cambrai les reins, autant que me le permettait ma position inconfortable, et lui offris un long soupir à la hauteur de ma déception – fictive, bien sûr. Je feignis de m'intéresser à une fissure dans le mur, affichai une moue boudeuse, puis passai ma langue sur mes lèvres. Mon regard glissa jusqu'à la braguette de son pantalon, déformée par une bosse que je lorgnai plus que nécessaire. Eh beh, Dame Nature avait été très généreuse ! Incroyable ! Ou, plutôt, inhumain.

— Arrête, ordonna-t-il sans grande conviction. Ça m'excite que tu me regardes comme ça.

— Et je te regarde comment ?

— Comme ça...

Je haussai les sourcils, un brin provocatrice.

— Tu sais, ce n'est pas parce que tu es défendu de poser tes mains sur moi que je le suis également. Si tu me détaches, ne serait-ce qu'une main, je pourrai sans doute faire quelque chose avant qu'elle n'explose ton pantalon.

— Si ma maîtresse t'a attachée, c'est pour une bonne raison, se renfrogna-t-il en reprenant son poste d'observation.

Sa respiration devint plus forte, le désir dansait dans ses prunelles et de légers tremblements l'ébranlaient. J'allais me brûler les ailes à ce petit jeu, et ça tombait bien, mon dos n'en arborait pas.

Je baissai les yeux et feignis la confusion.

— J'ai défié ma maîtresse, lui expliquai-je. Je suis punie.

— Ta maîtresse ? Ton âme n'est pas marquée de son signe.

Je relevai la tête, les yeux ronds, choquée par l'affront qu'il osait porter à la démone.

— Je ne le mérite pas ! m'écriai-je. La preuve, je suis châtiée à cause de ma faiblesse et je me languis à l'idée de te sentir en moi.

Satané côté angélique, j'en faisais beaucoup trop, mais je devais être convaincante. J'espérais que la démone aimait les femmes... et le BDSM !

— Tu es une Luxia, s'étonna-t-il tout en frémissant.

En d'autres termes, une humaine accro aux démons, mais dont le statut était différent de celui des Damnés. Les Luxia se voyaient accéder à une place de choix auprès d'un haut dignitaire de la hiérarchie démoniaque s'ils faisaient leurs preuves. *Merci, Pap's pour tes cours à mourir d'ennui.*

— Qu'a-t-elle exigé de toi ?

— Je dois rester sagement enchaînée jusqu'à son retour.

— Et qu'est-ce qu'il se passerait si elle te retrouvait à genoux en train de me prendre en bouche ?

Une lueur dangereuse brilla dans ses iris. L'excitation, la frustration et le mal coulant dans ses veines le poussaient à me nuire. Il était à point. Je passai à l'offensive, j'implorai ma déesse de se manifester, mon imagination lui offrit les courbes de l'ange déchu en guise d'amuse-bouche. Elle réagit aux souvenirs de ses lèvres sur mon corps, au point d'éveiller une envie dévorante. Elle m'avait tellement manqué ! Mon pouvoir de séduction nephilim produit alors une fragrance très aphrodisiaque. Je vidai l'intégralité de mon énergie à petite dose, jusqu'à être prise dans mon propre piège.

— Je serais sévèrement réprimandée, gémis-je, semant au creux de son esprit combien j'aimais les corrections.

Je le vis lutter. Je sentis un délicieux frisson me parcourir.

— Tu as raison, ne me détache pas, suppliai-je dans un couinement.

La seconde suivante, l'entrave à mon poignet droit s'ouvrit. Naturellement, je plongeai sous sa ceinture, et ma main se referma sur son érection massive. Il fit sauter les boutons du jeans d'un geste presque maladroit. Mes doigts coururent sur toute la longueur avant de l'empoigner fermement. Son imposante taille m'empêchait de capturer ses lèvres, mais je me consolai avec la peau dénudée de son cou. Le rythme de mon mouvement se fit plus empressé, je me surpris à l'attirer plus près encore, et la friction contre mon clitoris m'échauffa réellement.

Le regard du démon se voila, son enveloppe humaine ne résista pas et se désagrégea. Je me mordis la lèvre en prenant conscience qu'il gonflait davantage, ce qui compliqua la seconde partie de mon plan.

— Tu voulais que je te suce, non ? susurrai-je tout en lui donnant un avant-goût de ma dextérité en emprisonnant son lobe gauche. J'adorerais répondre à tes désirs...

Il me saisit par la nuque, avec une douceur étonnante, et me caressa quelques instants. L'indécision le gagnait !

— J'en ai vraiment envie, tu sais.

— Je le sens, mais je ne veux pas que ma maîtresse te fasse subir davantage de sévices, dit-il en effleurant ma pommette douloureuse. Il y a quelque chose... quelque chose chez toi... qui doit continuer à briller.

Alors là ! C'était la meilleure ! Il n'allait pas me planter si proche du but quand même ?

— Notre maîtresse chasse un archange, je suis certaine qu'elle a beaucoup mieux à faire que de se préoccuper de sa Luxia. S'il te plaît, laisse-moi juste apaiser mon envie à travers ta jouissance. Rien ne t'empêche de me rattacher ensuite.

Il hésita, mais je l'encourageai en le faisant glisser entre mes cuisses trempées. Je retins un soupir de soulagement lorsqu'il déverrouilla la dernière menotte. Ravivée par le sentiment de liberté, je me jetai à genoux et léchai son membre avant de la prendre à pleine bouche. La tâche n'était pas aisée, mais je mis du cœur à l'ouvrage. Je ne désirais pas m'envoler sans lui offrir un orgasme – même s'il se révélait assez douloureux –, ma déesse ne s'en remettrait pas.

J'aspirai plus fort pendant que mes mains accompagnaient le mouvement de ma tête. Il m'agrippa les cheveux, sans m'obliger à adopter un rythme plus soutenu, me laissant la totale maîtrise. Une pointe de remords m'assaillit, mais je la balayai. Peu importait le prix, même si ce démon devait le payer, il fallait que je m'en sorte.

Ma mâchoire commençait à souffrir, mais les râles de Ruth m'indiquaient qu'il était proche de la délivrance. Je relevai le regard vers son visage. Il affichait un sentiment de pure extase, et j'accélérai la cadence. Ses paupières se fermèrent lorsque son corps fut pris de soubresauts et que son sexe pulsa entre mes lèvres. Il tenta de se retirer, mais je le tins au plus profond de ma bouche. Sa jouissance me brûla la langue – un véritable gâteau au chocolat –, c'était si... bon !

J'avais suffisamment perdu de temps, je devais agir avant que le brouillard de volupté ne s'étiole. Je déposai un dernier baiser sur son aine, comme pour me faire pardonner. *Une vraie garce.* J'inspirai profondément et... lui tordis brutalement les testicules. La douleur le plia en deux et un hurlement déchirant me vrilla les tympans.

— Désolée, Ruth. Je suis vraiment désolée, dis-je avant de détaler comme un lapin en direction de la porte.

Mon épaule percuta le panneau de bois, mais la poignée céda sous ma main. Je priai pour que l'endroit soit désert, je n'avais pas songé une seconde à l'éventualité d'être dans un repère grouillant de démons. Je courus dans un long couloir partiellement éclairé, enfonçai plusieurs portes coupe-feu et m'aidai du mur afin de me diriger. Je suivis le chemin tracé par les blocs de sécurité incendie, leur lumière verte semblable à un feu au milieu d'un lac.

Mes oreilles bourdonnantes et ma respiration hachée me rendaient sourde. Je bifurquai dans un couloir, mes pieds glissèrent sur le carrelage et trébuchèrent sur une masse noire semblable à un... animal. Sur mon séant, je reculai alors que la bête se réveillait de très mauvaise humeur.

Un *cerbère*, un putain de chien à trois têtes. Trois gueules qui montraient les crocs, prêtes à me déchirer en lambeaux.

— Tout doux, murmurai-je à l'attention du molosse. Pas de gestes brusques...

Il avoisinait la taille d'un bébé éléphant une fois sur ses pattes. Au moment précis où le cerbère chargea, deux bras puissants s'enroulèrent autour de mon abdomen et me tirèrent en arrière. Toutes les ampoules explosèrent. Seul le grognement féroce de l'animal me parvint, ainsi que mon hurlement. Les ténèbres m'accueillirent encore une fois.

Chapitre six

Une déflagration déchira l'obscurité, illuminant le couloir comme en plein jour. Le cerbère absorba l'onde de choc provoquée par la boule de feu, puis sauta à la gorge de l'individu qui faisait barrage de son corps. Je le reconnus aussitôt. Même dans le noir, j'aurais su qu'il s'agissait de lui, le souvenir de son parfum restait intact. Il était là, bien réel, juste devant mes yeux.

L'ange déchu.

Ses ailes se déplièrent, une armure légère se matérialisa ainsi qu'une épée à la lame bleutée. L'arme se logea entre ses doigts et il chargea la bête avec la ferme intention de lui trancher les têtes. L'archange se déplaçait à une vitesse si rapide que son image s'étirait ; impossible de capter toute la fluidité de ses attaques. Le cerbère peinait à contrer les coups mortels qu'il lui portait, il perdit une première tête puis une deuxième. Il s'écroula, inerte, quand la longue épée le transperça de part en part.

D'après mon père, ces bestioles étaient redoutables, mais l'archange venait de l'éliminer comme s'il s'agissait d'une formalité. Il replaça la lame dans son fourreau avant de se tourner vers moi. *Oh. Mon. Dieu.* Il était un somptueux mélange de danger et de tentation. Sa beauté ne possédait pas la finesse de celle des anges. Son charme n'égalait en rien celui des êtres infernaux. Il n'arrivait pas à la cheville de mon fantasme masculin absolu, mais... je signais quand il voulait pour lui léguer mon âme !

— Suis-moi, m'intima-t-il, sa main enserrant la mienne.

Ma cheville gauche me faisait atrocement mal. Je continuais à courir malgré tout et m'en remis à l'ange qui semblait me mener vers la sortie. Partout, des corps jonchaient le sol, ils se transformaient lentement en poussière noire, que notre course fit virevolter. L'archange laissait un vrai carnage dans son sillage ! Le visage barré de Ruth s'afficha dans mon esprit et, pour une raison obscure, j'espérais qu'il ne compte pas parmi les victimes.

Nous traversâmes une lourde porte en métal, débouchant à l'arrière d'une cour en graviers. Mes pieds s'écorchèrent sur les cailloux gorgés de pluie, mais je ne parvenais plus à m'arrêter de fuir. Je m'arrachai à la poigne de l'ange qui désirait me stopper. Non ! Je devais trouver une issue au plus vite. Il fallait sortir d'ici avant que la princesse ne revienne de son expédition infructueuse !

— Debbie ! cria l'archange.

Il me rattrapa en quelques enjambées et me barra la route. Je le percutai de plein fouet, contrainte de me blottir contre lui alors qu'un monde de douceur m'enveloppait. Je sentis mes pieds quitter le sol, mon corps devint aussi léger qu'une plume, et je frappai son torse afin qu'il desserre son étreinte. Sans me prévenir, le déchu prit son envol.

— Lâche-moi ! Oh ! T'es sourd ? Je te demande de me lâcher !

— Non, je vais te ramener chez toi.

Pardon ? Me déposer à l'appart ? Et puis quoi encore !

— Tu rêves si tu penses que je vais te dire où j'habite !

Il soupira, mais son ton me semblait bien plus affable que ses pensées à mon égard.

— Sois raisonnable, tu n'as pas vraiment le choix.

— Si, et je veux que tu me ramènes sur la terre ferme. Je m'en sortais très bien sans toi ! D'ailleurs, c'est de ta faute si le chaos s'est invité dans ma vie !

Ses bras se serrèrent davantage et cela empira mon excès de fureur, sous lequel je dissimulais la terreur qui contaminait mes pensées.

— Je ne pensais pas qu'elle s'en prendrait à toi, pas dans l'immédiat, du moins, autrement, je...

— Bah voyons ! Tu comptais me dire qu'il ne s'agissait pas d'un foutu rêve ? Et tu étais où pendant tout ce temps ? Hein ? Tu rangeais la maison d'une autre fille après l'avoir baisée ? Saleté d'emplumé, c'est ton putain de délire de faire le ménage après ton...

Mes vociférations moururent sur mes lèvres quand je me retrouvai brusquement en chute libre. Je battis des bras et hurlai à pleins poumons alors que le sol se rapprochait. Je vis une forme noire voler dans ma direction, puis je fus à nouveau dans les bras de l'ange. Je m'accrochai à son cou, mes ongles s'enfoncèrent dans sa peau, mes cuisses se fermèrent autour de son bassin. Je tremblais comme une feuille, mes dents claquaient de manière incontrôlable et des sanglots minables remontaient de ma poitrine.

Sa main caressa mes cheveux pendant qu'il me berçait dans les airs. Il respirait profondément, comme pour expulser la tension et la colère.

— Laisse-moi t'aider, Debbie. Je peux panser les blessures que les démons ont infligées à ton âme, mais j'ai besoin que tu sois en sécurité pour ça.

Je hochai la tête. Nous reprîmes notre vol, mais la terreur secouait toujours mon corps.

— Tu m'as jetée dans le vide, lui reprochai-je d'une voix fluette, au bout d'un long moment.

— Je n'ai pas l'habitude que l'on me contrarie, dit-il avec dureté.

— Il va falloir que ça change puisque nous sommes liés, apparemment.

Ses lèvres formèrent une ligne fine. J'aurais pu reprendre les termes de la démone, mais j'ignorais ce que le lien impliquait réellement pour nous. « Il t'appartient ». Ça faisait froid dans le dos !

Il se posa sur le balcon de mon appartement sans que je lui en indique l'adresse. Je ne m'en formalisai pas, il m'avait retrouvée au cœur de l'enfer après tout. D'un claquement de doigts, il fit coulisser la baie vitrée et me déposa sur le canapé. *Chacun son tour*, ricanai-je intérieurement. Je remarquai seulement que je portais un gilet dont se dégageait son parfum sucré. Quand m'en avait-il vêtu ? Aucune idée...

— Tu sens bon, murmurai-je, les mots dépassant ma pensée.

Voilà, mon esprit craquait. J'avais atteint mes limites. L'ange disparut dans ma chambre puis revint avec deux oreillers, qu'il mit derrière ma tête. Il chopa la télécommande sur la table basse, alluma la télévision et la déposa à ma portée. Hébétée, je le regardais ouvrir la porte de la salle de bains, ses ailes passant tout juste entre les deux battants.

— Fais comme chez toi. Si tu veux du café, je suppose que tu sais déjà où je le range.

Il ne prit même pas la peine de répondre, mais ses traits se pincèrent. L'ange s'agenouilla à l'opposé et saisit ma cheville blessée. Immédiatement, j'eus la sensation de m'embraser – pas de désir, cette fois. Les flammes me dévorèrent les jambes, le ventre, jusqu'à me consumer tout entière.

— Détends-toi, m'ordonna-t-il. Ça va faire mal.

Une salve de son pouvoir me traversa depuis la plante de mon pied. Je fermai les paupières avec force, je me mordis la main, rien n'apaisa le mal rugissant au creux de ma poitrine. C'en était si douloureux ! Délicatement, il m'obligea à desserrer les dents et à libérer mes doigts. L'archange caressa le dos de ma main avant de m'envoyer une nouvelle vague guérisseuse.

— Respire, Debbie, respire.

J'inspirai, mais il m'était impossible de chasser l'air de mes poumons. Mon âme se jetait contre les parois de mon enveloppe charnelle, elle se contorsionnait et claquait. Mais qu'est-ce qu'il me faisait ?

— Nathanaël ! pleurai-je.

J'avais l'impression de me disloquer entre ses doigts. Je sentis quelque chose de rassurant et de familier se fondre dans mon cœur. Elle diffusa un sentiment de plénitude qui me fit perdre l'esprit. Je flottais. Portée par le courant, les nuages cotonneux me chatouillaient lorsque je les effleurais. Leurs caresses faisaient virevolter mes longues mèches de cheveux pendant que leurs baisers étiraient mes lèvres dans un sourire. J'essayai de les attraper, mais ils ne cessaient de s'échapper à mon contact.

Soudain, deux gouttes d'eau nébuleuse entachèrent la pureté de mon monde. Elles s'agrandissaient à vue d'œil, emplissant tout l'espace, et coloraient en noir les moutons du ciel. Ils devinrent si énormes que les nuages me poussèrent en dehors de mon âme, comme si je n'étais plus à ma place ici.

Contrainte de sortir de cette transe paradisiaque, j'ouvris les yeux et rencontrai deux prunelles onyx qui me sondaient avec une certaine inquiétude. Je me sentais revigorée, mais une angoisse sourde faisait lentement surface.

— C'est fini, ma jolie déesse, m'informa la voix douce de l'ange. Ta moitié angélique va terminer d'épurer ton âme du venin de Chuna.

Il m'offrit un tendre baiser, mais je ne le lui rendis pas, même si j'appréciais sentir ses lèvres sur les miennes.

— Tu as un téléphone ? dis-je brutalement en le repoussant.

Il sourcilla, étonné par cette question qu'il n'avait certainement pas envisagée. Un smartphone dernière génération se matérialisa dans ma main, je le lui pris sans attendre. Je n'avais plus qu'une obsession en tête : appeler Estelle !

— Ton amie est bien rentrée chez elle, Hariel a veillé à ce qu'il ne lui arrive rien.

Je le fusillai du regard. Il venait de dépasser mes limites. Bien sûr, je lui étais reconnaissante d'être venu à mon secours comme un preux chevalier, d'avoir pris soin de la personne qui comptait le plus pour moi. Mais c'était trop d'événements en une seule soirée, mes émotions débordaient – sans parler de ma libido qui faisait des bonds dans mon ventre.

— Sors de chez moi.

Le regard de l'archange s'assombrit et ses ailes s'ébouriffèrent sous la violence de mes mots.

— Tu as besoin de ma présence.

— Non, sors de chez moi, répétai-je. Tu empiètes beaucoup trop sur mon espace vital, Déchu. Je t'ai protégé de l'enfer, tu l'as bravé pour m'en sortir, nous sommes quittes. Alors sors de mon appartement et de ma vie, maintenant.

— C'est un ordre ? demanda-t-il d'une voix si profonde qu'elle semblait provenir d'outre-tombe.

De légères secousses firent trembler les meubles du salon, des étincelles crépitèrent dans l'air et ma télévision implosa. Son aura percuta mon âme, j'en eus le souffle coupé. Je bondis en arrière, basculai sur l'accoudoir du canapé et tombai à la renverse. Un bruit sourd retentit lorsque ma tête rencontra la dureté du parquet. Complètement sonnée, je tentai de me redresser afin de m'éloigner de l'ange qui s'avançait vers moi les mains tendues.

— Debbie, je...

— Pars, le coupai-je. Avant que tu ne me fasses encore plus de mal que tu n'en as déjà fait. S'il te plaît, Nathanaël, je veux être seule.

Il passa une main dans ses cheveux, aussi longs que les miens, ses lèvres s'entrouvrirent à plusieurs reprises, puis il s'éclipsa dans un battement d'ailes. Le salon fut soudainement moins étroit et mon cœur s'apaisa. Ma déesse ne protesta même pas, nous n'avions pas la force de nous quereller, même si un amant attentionné était tout ce qu'il nous fallait.

Le monde cessa de tourner, je me remis debout, la plante de mes pieds ne portait plus aucune trace de coupures. Je m'allongeai sur le canapé puis m'enroulai dans le plaid en fourrure synthétique. La gueule de bois risquait d'être puissante au réveil... Je récupérai le téléphone laissé par l'ange sur la table basse et tapai le numéro d'Estelle. Elle décrocha dès la première sonnerie :

— Allô ? dit-elle promptement, comme si elle avait sauté sur l'appel qu'elle attendait depuis des heures.

— Salut, poulette, c'est moi.

— Debbie ? Debbie, c'est bien toi ?

— Oui, oui, la rassurai-je, sans pouvoir m'empêcher de penser que le stress donnait parfois naissance à des dialogues bien étranges.

— Putain mais, t'es où ? Tu as disparu depuis hier soir, j'étais morte d'inquiétude !

— La prochaine fois, j'écouterai ton intuition quand il conseille de ne pas sortir.

— Mon Dieu ! Le démon ? C'est lui qui t'a enlevée ?

— Je vais bien, ne t'inquiète pas. Il désirait juste quelques renseignements sur un ange que j'ai aidé pendant mes vacances.

— Je le savais ! Je le savais ! L'autre blond m'a complètement fait perdre la tête avec son sourire à se damner, mais je savais que tu n'étais pas partie de ton plein gré. J'avais ton sac ! Ton sac !

— Hein ? L'autre blond ? me stupéfiai-je avant de me souvenir que le déchu avait évoqué un certain Hariel un peu plus tôt.

— Un dieu vivant, aussi beau que ton père, je suis sûre que c'était l'un de ses collègues. Ce connard m'a dit que tu t'étais sentie mal et qu'un de ses amis t'avait raccompagnée. Je trouvais ça bizarre, dans le fond, mais j'étais incapable de remettre sa parole en doute. Je ne pouvais pas m'empêcher de le mater et de ricaner comme une gourde !

Eh beh ! je ne connaissais pas ce Hariel, mais jamais un homme ne l'avait mise dans cet état – dans le mauvais sens...

— Comment tu t'en es sortie ? Ton père a débarqué de nulle part et lui a mis la raclée ?

— Non, il n'est même pas au courant. D'ailleurs, je ne compte pas lui en parler tout de suite, sinon il va m'enfermer dans une chambre jusqu'à nouvel ordre.

— Tu devrais, il s'agit d'un démon quand même.

— T'en fais pas, j'ai un ange gardien qui joue les superhéros...

— Oh ! c'est le fameux ami du blond qui t'a ramenée chez toi, soi-disant ?

— En personne. Un archange déchu !

J'entendis Estelle s'étouffer à travers le haut-parleur.

— Pas de doute, tu vas finir dans la cave de la maison familiale avec Alex pour bourreau ! ricana-t-elle, détendant l'atmosphère.

— Pitié ! Tu as raison, j'emporterai ce secret lorsque la Faucheuse frappera à ma porte. Pap's serait trop heureux d'avoir enfin l'excuse du siècle pour me caser avec l'adorable nephilim né dans le seul but de convoiter mon cœur et réaliser tous mes fantasmes !

— Debbie, rassure-moi, le démon n'a pas deviné que tu es à moitié angélique ?

— Non, ils m'ont prise pour une humaine.

— Comment ça, ils t'ont prise pour une humaine, ils étaient plusieurs ? demanda-t-elle, complément paniquée.

Je lui expliquai tout, dans les moindres détails, hormis le sale caractère du déchu – je ne tenais pas à l'énerver davantage et j'étais plutôt calmée. Cela me fit du bien de me confier à elle. Même si elle ne pouvait pas me venir en aide, le simple fait d'être écoutée me soulageait. Ma gorge s'assécha et la soif arrêta le débit incessant de phrases que mon esprit formait afin d'extérioriser le calvaire vécu ces dernières heures.

— Il faut que tu appelles ton père, cette histoire d'archange tombé du ciel sans que personne le sache et ton enlèvement par des démons qui le recherchent, ça va beaucoup trop loin.

— Je dois réfléchir. Je ne voudrais pas qu'il se fasse arracher les ailes par ma faute juste après l'avoir sauvé des flammes de l'enfer.

— Deb, tu ne le connais même pas, ce mec, qu'est-ce que tu en as à faire ? S'il s'est fait bannir du paradis, c'est certainement parce que ce n'est pas un enfant de chœur.

— Ouais, c'est vrai, mais crois-moi, le déchu maîtrise parfaitement l'art du combat, il est vraiment puissant. Il a découpé un cerbère en quelques secondes, trucidé tout un tas de démons et il sentait toujours la glace vanille chocolat. Je ne tiens pas à ce que mon père mette la milice à ses trousses.

— Tu ne veux pas parce que tu as peur pour ta famille ou pour lui ?

— Les deux. Je ne sais pas comment t'expliquer...

Je m'extirpai du canapé puis me dirigeai vers la bibliothèque juste à côté du meuble télé. Je saisis le livre où j'avais trouvé la plume de l'archange et l'ouvris à la page marquée par la rémige. Je la pris entre mes doigts, appréciant de recouvrer son contact si particulier. Je retournai m'asseoir, me rappelant qu'Estelle attendait à l'autre bout du fil.

— Je suis liée à lui, avouai-je comme si prononcer cette vérité me coûtait. Pap's m'a dit que les anges déchus s'unissaient à un être régi par le bien ou le mal afin de trouver un certain équilibre. Vu comment elle était furax, je suppose que la démone désirait l'ajouter à son harem ou, pire, à son armée. Et, apparemment, il espérait qu'elle ne lui mettrait pas le grappin dessus puisqu'il a insisté pour que je devienne sa... euh... stabilité. Bref, ce que j'essayais de te dire, c'est que, même quand l'autre grognasse me croquait comme du Crunch, je ressentais le besoin irrépressible de le protéger. Ah ! c'est compliqué dans ma tête.

— Tu es dans une belle merde, ma petite poulette.

— Merci de ton soutien !

— *You're welcome*, dit-elle, pince-sans-rire. Juste par curiosité, ce lien implique juste un attachement exacerbé entre vous ou davantage encore ?

— Aucune idée... Mis à part le fait qu'il apparaisse dans tous mes rêves érotiques à cause de ma libido qui est en adoration devant lui, je ne suis pas près de lui filer un double de mes clefs. Pour être franche, j'aimerais qu'il disparaisse tout autant qu'il reste sur le toit cette nuit afin de veiller sur moi.

— Ne me dis pas que tu es en danger, sinon tu peux être certaine que je rapplique avec la team de l'apocalypse.

Je ricanai à l'évocation de cette team que nous avions composée des meilleurs personnages de séries et livres pour nous protéger d'une éventuelle attaque zombies.

— Tu sais très bien que tu ne dois jamais essayer de m'aider, tu en fais déjà beaucoup trop. Mais si tu peux m'envoyer quelques-uns de nos membres pour me tenir compagnie, je ne dis pas non !

— Le contraire m'aurait étonnée. Je vais demander à mon frère de te faire un arrêt, ton chef va tirer la gueule à l'idée de bosser, ça lui fera les pieds.

— C'est vraiment cool d'avoir un médecin dans la famille.

— Ouais, ça peut aider. Bon, poulette, tu me promets d'en parler à ton père dès que tu seras remise ?

— D'accord, soupirai-je, sachant qu'elle ne lâcherait pas l'affaire.

— Fais attention à toi et, surtout, prends les bonnes décisions.

Estelle, la voix de ma raison. Si seulement mon âme comprenait ce langage !

Chapitre sept

La lune déclinait lentement, son homologue du jour la remplacerait bientôt afin d'éclairer le salon de sa faible lueur jaunâtre puis l'illuminerait de ses rayons. Le papier froissé d'une tablette de chocolat traînait sur la table basse ainsi que trois mugs de thé aux fruits rouges à moitié vides. Une nouvelle saison d'épisodes de *Game Of Thrones* faisait tourner les ventilateurs de l'ordinateur portable, qui étouffait contre le plaid douillet.

Contrairement aux apparences, je ne m'étais pas laissée abattre par de sombres pensées ou le choc émotionnel bien présent qui m'avait fait sursauter au moindre craquement. Bien évidemment, j'étais incapable de relater l'intrigue de la saison quatre ; je m'étais fait d'importants nœuds au cerveau depuis que j'avais raccroché avec Estelle.

Malgré la fatigue, je ne parvenais pas à trouver le sommeil. Je n'étais pas la seule, puisque le téléphone portable émit un tintement lorsqu'un SMS arriva sur la messagerie. Je déverrouillai l'écran afin de télécharger l'image associée avant de me souvenir que l'appareil ne m'appartenait pas. L'émetteur était un certain H. Je n'hésitai pas une seconde : j'ouvris le message ainsi que la photo.

Je pivotai la tête et le téléphone pour que l'image s'ajuste à la taille de l'écran. Je plissai des yeux et collai presque mon nez contre le paysage aux teintes si intenses qu'elles formaient un véritable caléidoscope. Une violente migraine cogna contre mon crâne à force de regarder ce tableau fantastique. Je revins au message alors que ma vue commençait à s'obstruer et lus : « Au cas où les plaines du Jardin d'Éden te manquent, mon frère ! »

— Wahou ! Dire que je pensais que Pap's exagérait en disant que les humains deviendraient fous s'ils contemplaient le paradis pendant quelques secondes.

Une curieuse idée me traversa alors l'esprit. Je répondis au message en cadrant un mug, attrapé sur la petite table, que je positionnai devant l'ordinateur, sans oublier d'ajouter quelques plis au plaid. J'ajoutai une petite légende qui me fit sourire : « Rien ne vaut le plaisir de glander sur le canapé avec la jolie Mère des dragons ».

Fière de ma bêtise, je remontai la conversation de H. qui se composait principalement de banalités et d'anecdotes qui m'échappaient. Je me demandais si H. n'était autre que Hariel. Sans doute. Le téléphone appartenait donc à Nathanaël. *Intéressant.* Je sélectionnai un deuxième correspondant, Lily, mais ne découvris qu'un unique message : « Je t'attendrai, Nathanaël ».

— C'est meugnon ! me moquai-je.

Mon esprit s'imagina une blondasse aux ailes blanches accrochée aux lèvres de l'archange. Une vilaine grimace s'imprima sur mon visage. Ma déesse intérieure ricana face à cet élan de jalousie envers cette Lily. *N'importe quoi.*

Je posai mon index sur l'icône du menu puis sur la galerie afin d'épier tous les dossiers — même pas honte. Les albums se composaient de paysages, de photos d'épées, de soirées illustrées par des bières vides et... d'un seul selfie ! Le déchu et un ange blond en armure prenaient la pose avec pour arrière-plan un... dragon au sol.

— Pauvre bête, murmurai-je en pensant à ceux présents dans ma série américaine — en réalité, ces dinosaures cracheurs de feu étaient des créatures infernales presque invincibles et destructrices.

Je détaillai l'archange, dont le regard émeraude m'hypnotisait. Même si un sourire fendait son visage, il dégageait une puissance rétive qui me fit frémir. Ses traits paraissaient plus doux, la pointe de ses plumes était dorée et son âme émettait une sorte de halo visible sur la photo. Mais, même ainsi, il détonnait par rapport à son compagnon dont le physique répondait parfaitement au canon des anges. J'avais une préférence pour les bruns, mais le blond n'était pas mal du tout — fort sympathique même ! Je me serais bien glissée sur la photo, entre eux deux, après un rude corps à corps... Oh ouais !

— Wouh ! Il fait chaud ou c'est moi ?

Une notification apparut, je venais de recevoir une réponse de H. ! Cette fois, j'eus le droit à une magnifique vue en hauteur de Paris et d'une main tenant un café frappé du célèbre logo vert ainsi que d'un texte disant : « C'est le prénom de ta belle déesse ? J'suis jaloux ! Dispo pour un moka ? PS : ne me spoile pas, je suis sur *Walking Dead* en ce moment »

Super... l'archange avait parlé de moi. Bon, Estelle savait déjà tout sur son compte, mais je m'inquiétais un peu que quelqu'un de la sphère angélique ait eu vent de mon existence.

J'allumai la caméra du téléphone afin de prendre une photo de la table basse où s'étalaient mes consommations de la nuit. « La déesse préfère les viennoiseries, le matin. T'es plutôt pain au chocolat ou chocolatine ? Oui, c'est une question piège. D'ailleurs, tu ne devrais pas être en train de veiller sur sa meilleure amie ? »

Le retour ne tarda pas, un cliché de son aile déployée l'accompagnait. *Magnifique*. « Pain au chocolat, bien sûr ! ». Je hochai la tête. Il marquait un point. « Bonne réponse, H ». Mon message s'intercala avec un autre de sa part : « Ton amie est charmante lorsqu'elle ne se transforme pas en véritable démone. » Ah ! L'ange était joueur, il prenait des risques en s'attaquant à mon amie. Nouvelle notification, nouvelle révélation : « Je suis content que mon frère soit tombé sur toi. Une femme qui porte des chaussettes en pilou-pilou est forcément sympa. » Oh, le Haziel était taquin. Et observateur. La chaussette en question était à peine visible sur la photo envoyée plus tôt. Il était aussi très bavard : « Mon frère ne se rend pas compte de la faveur que le Ciel lui a accordée malgré ses erreurs »

« La chance n'est pas réciproque. Depuis notre rencontre, SES problèmes me tombent dessus. Je ne suis pas taillée pour les affronter. Alors, pourquoi me choisir ? », lui répondis-je.

Ce fut à ce moment précis que quelqu'un écrasa la sonnette de l'entrée. L'horloge affichait sept heures du matin. Qui pouvait bien me rendre visite à une heure pareille ? Estelle ? Non, elle devait être dans le métro, en route pour les éditions. Méfiante, je décidai de ne pas ouvrir et éteignis même l'ordinateur au cas où un bruit inhabituel résonnerait dans le couloir. Le vibreur du téléphone me donna un peu de courage, je pourrais toujours contacter H si un démon venait défoncer la porte de mon appartement. Sur l'écran, je découvris un selfie de l'ange ainsi qu'un SMS énigmatique :

« Sans obscurité, la lumière ne peut resplendir. Au plaisir de te rencontrer, déesse de Nathanaël ».

Je partageais son avis, mais mon éducation m'avait inculqué tous les méfaits des ténèbres et les méthodes pour les combattre. On ne jouait pas avec le feu sans conséquence. Mon âme ne supporterait pas la brûlure du mal. Je devais rester sur le droit chemin, même si les raccourcis étaient nombreux depuis ma Révélation. Mon destin m'appartenait, mon père ne pouvait plus régir ma vie, même s'il continuait de l'influencer. Et je devais le reconnaître : j'avais besoin de son expérience.

Une rafale de vent siffla entre les aérations de la fenêtre, me faisant relever le nez du téléphone où l'ange blond me tirait toujours la langue. Je sursautai quand deux coups résonnèrent dans le salon. Mon précieux ordinateur portable manqua de rencontrer le parquet. Le cœur battant à tout rompre, je me contorsionnai afin de regarder les éléments se déchaîner au-dehors, mais il s'agissait en réalité de l'archange posé sur le balcon. Il me fit un timide signe de la main et agita un sac en papier en provenance d'une boulangerie.

— C'est une blague ?

Il secoua la tête de gauche à droite, puis me désigna la poignée intérieure de la baie vitrée.

— J'y crois pas, maugréai-je tout en m'enroulant dans mon cocon douillet afin de me couvrir les jambes. Qu'est-ce qu'il ne comprend pas dans « j'ai besoin d'air » ? Il mériterait de rester dehors, j'suis encore trop gentille.

Je déverrouillai la baie, que je fis glisser afin de le laisser entrer. Son parfum entêtant inonda immédiatement la pièce ainsi que son aura, qui semblait essayer de repousser les murs. Il portait une chemise cintrée noire et un pantalon à pinces de la même couleur, une tenue très classe pour un déchu. Ses cheveux étaient tirés dans une queue-de-cheval tellement parfaite que je m'apprêtais à lui demander son secret. Bon, d'accord, il était à tomber.

— Je ne voulais pas faire irruption comme un angelot impoli, mais tu ne répondais pas à l'interphone et je commençais à m'inquiéter.

Je haussai les épaules et me détournai afin de nettoyer la petite table.

— Tu peux poser ça ici, lui dis-je en désignant d'un mouvement de tête le sachet qu'il tenait fermement.

Un silence pesant s'installa entre nous, je le brisai avant qu'il ne nous engloutisse :

— J'ai de quoi faire un mokaccino, ça te tente ?

Il sourcilla et je rougis bêtement. L'archange hocha la tête puis prit place sur le canapé avant de disposer le petit déjeuner dans les assiettes que je lui donnai. Je lui servis sa boisson chaude après avoir préparé un thé à la pêche, cette fois. Je m'assis en tailleur à même le tapis, toujours emmitouflée dans ma couverture – je regrettai vraiment d'être restée comme une larve devant la télé sans prendre de douche !

— Des pains au chocolat, tu lis dans mes pensées, plaisantai-je à moitié.

— Il semblerait que nous ayons le même informateur...

Je m'appliquai à remuer le sucre au fond de ma tasse afin de dissimuler mon trouble. OK, il m'avait grillée en train de fouiller dans ses affaires, je manquais de discrétion.

— Tu me surveilles ? lui reprochai-je sans grande conviction.

— Je veille sur toi, nuance.

— Parce que tu es lié à moi ? Tu sais, si je n'ai pas d'ange gardien, c'est pour une bonne raison.

— Sans doute, même si je pense que c'est de l'inconscience, les nephilims sont des êtres précieux.

— Surtout s'ils ne tombent pas dans le camp adverse. Mais, tu ne réponds pas à ma question. Pourquoi tu ne profites pas de cette deuxième chance pour essayer de récupérer tes ailes plutôt que de te faire chier avec une humaine à moitié angélique ?

— Je ne suis plus maître de mon destin.

Je fronçai les sourcils à ses mots. Il me regardait avec une telle intensité que j'eus peur de m'enflammer subitement. Piouf ! J'étais si intimidée que ma main refusait d'apporter le délicieux pain au chocolat à mes lèvres.

— Bon, et si on parlait sans détour ? lui proposai-je avant que la boule dans mon estomac ne paralyse mon esprit. Je sais que les anges adorent tergiverser, mais je préfère lorsque l'on m'expose clairement les choses. Si nous devons partager nos vies respectives pendant quelque temps, je pense que nous avons intérêt à ce tout se passe bien.

— D'accord, répondit-il en se détendant sur le canapé jusqu'à s'adosser plus confortablement. Par contre, je t'arrête tout de suite, il n'est pas question pour nous de partager un moment de vie, mais bien de l'éternité s'offrant à nous.

— Ah... Oui, enfin, je ne suis pas immortelle.

— C'est maintenant le cas après la liaison de nos essences, rendue possible par ta bénédiction. Par conséquent, tu puiseras l'énergie nécessaire à ta survie en t'abreuvant directement à la mienne. Aussi longtemps que je t'appartiendrai, tu vivras.

— Attends, tu es en train de me dire que tu m'as... donné ton âme ?

— C'est ça.

— Juste parce que nous avons plus ou moins couché ensemble ?

— Plus ou moins, oui, confirme-t-il avec un sourire en coin. Tu m'as lié à toi en me marquant par ton baiser. Même si je suis venu jusqu'à toi, tu m'as fait l'honneur de devenir ma maîtresse.

La cuillère avec laquelle je jouais retomba brutalement dans le mug. Oh punaise ! Sa maîtresse ? Je peinais déjà à m'occuper de ma propre vie, alors il ne fallait pas compter sur moi pour remettre un archange déchu sur le chemin de la lumière !

— Tu ne devrais pas te sous-estimer ainsi. Même si tu es dénuée d'ailes ou qu'aucun feu ne déferle dans tes veines, une puissante force t'anime. Tu n'es pas simplement une humaine, comme tu t'obstines à le faire croire, tu es la fille d'un ange.

— Donc, tu es bien capable de lire dans les pensées ?

— J'en ai le pouvoir.

— Tu pourrais arrêter de le faire ? Maintenant. C'est assez perturbant de savoir que tu peux te balader dans ma tête en toute impunité.

— Soit, je vais éviter de sonder ton esprit, j'utiliserai cette compétence qu'en cas de dernier recours si tu es en danger. Mais il serait bien que je t'enseigne une technique de défense afin de te préserver de mes frères et sœurs archanges ou démoniaques.

— En parlant de ça, tu connais la démone qui m'a enlevée ? Elle est devenue folle de rage quand elle s'est rendu compte qu'elle ne pouvait plus s'approprier ton âme. Elle cherchait à te localiser pour te botter sévèrement les fesses, et je ne pense pas qu'elle va s'en tenir à une petite partie de torture...

— Chuna, murmura-t-il, une pointe fragile d'affection perçant au travers de sa voix rauque. Je ne vais pas te mentir, elle et moi étions amants avant sa chute.

— Oh... c'est ton ex, je vois.

— Cela date de plusieurs siècles, se justifia-t-il comme s'il tenait à me dire que cette histoire appartenait au passé. Mes sentiments pour elle n'étaient pas feints, mais ils n'auraient jamais égalé les siens, elle ne serait pas devenue ma compagne. Sa passion frôlait déjà l'obsession lorsqu'elle était un ange, elle a complètement basculé quand l'enfer a terni son cœur. Elle me traque depuis que ses ailes lui ont été arrachées, la haine se mêle aux bribes de son amour. De plus, comme tu peux t'en douter, elle espérait me récupérer sous sa coupe une fois ma déchéance réalisée. Je suis un archange, les démons nous accueillent les bras ouverts, j'aurais représenté un atout majeur en rejoignant ses légions.

— Cette Chuna est une princesse démoniaque ?

— Non, seulement une marquise.

« Seulement ». Elle avait écrasé mon corps comme un vulgaire insecte, je ne voulais pas imaginer ce qu'elle m'aurait fait subir si elle avait eu une place plus importante dans la hiérarchie. D'ailleurs, je me demandais quelle serait la place de l'archange au sein de la cour infernale si l'enfer le recrutait dans son camp.

— Pourquoi es-tu tombé ?

— Tu es certaine de vouloir le savoir ?

Non. Mais il le fallait. Comment pourrais-je dormir sereinement si l'ombre d'un doute sur ses intentions envers moi m'assaillait ? Et s'il désirait me nuire ou me dénoncer ? Je devais m'assurer qu'il n'était pas un traître — bien qu'une autre éventualité reste difficile à gérer aussi.

— Des mâles ont osé s'en prendre à la personne qui m'est le plus chère, me raconta-t-il, ses yeux devenant si sombres qu'ils contaminèrent la peau autour des orifices. Elle n'est plus que l'ombre d'elle-même depuis les sévices atroces qu'ils lui ont fait subir. Après avoir abusé de son corps, ils ont mutilé son âme et arraché ses plumes rosées les unes après les autres. Ces enflures ne méritaient aucunement la rédemption du Purgatoire ou de rejoindre les rangs d'un archidémon qui les auraient confortés dans leurs agissements.

Il inspira profondément tout en jetant un regard au ciel qui aggrava la crainte qu'il faisait naître au creux de mon ventre. Il bouillonnait d'une rage qu'il contenait péniblement. À cet instant, il ressemblait davantage à un démon qu'à un archange !

— Je les ai détruits. Et si c'était à refaire, je n'aurais aucune clémence. Ils souffriraient bien plus encore, jusqu'à ce qu'ils me supplient de les achever.

— Quand tu dis détruire...

— J'ai brisé leur âme, termina-t-il avec un sourire si machiavélique que je reculai malgré moi.

— OK... euh... je comprends mieux pourquoi tes supérieurs ont décidé de te bannir du paradis. Même si je conçois que tu sois en colère, bien sûr, je crois que je péterais un plomb si quelqu'un touchait à un cheveu de mes proches.

— C'est une punition que j'accepte, parce que les lois ne doivent pas être défiées. Encore moins par un archange. Je suis bien placé pour le savoir puisque j'ai rédigé quelques-unes d'entre elles. Les anges sont défendus de faire la justice même lorsque les crimes leur semblent impardonnables. Notre Père est intransigeant envers ses fils et filles quand il s'agit de ses créatures adorées, les humains.

Woh... Il parlait de Dieu comme s'il mangeait à sa table tous les vendredis soir, telle une vraie famille. Je l'imaginais comme un vieillard à longue barbe blanche, un regard sévère, mais paternel, sur ses anges, habillé d'un vêtement crème et de spartiates aux pieds.

Un ricanement amusé me sortit de ma rêverie, j'observai alors un ange apaisé dont le sourire me fit fondre.

— Personnellement, il m'apparaît semblable à un homme d'affaires de la quarantaine depuis que j'ai regardé la série *Lucifer,* où le prince des ténèbres s'habille en costume Prada et profite de vacances sur Terre. Pour certains anges, il n'a même pas une enveloppe humanoïde ! Son image est volatile, selon celle que nous désirons lui donner.

— Tu...

— Oui, je sais, j'ai parcouru ton esprit sans ton accord. Mais c'est si agréable d'écouter les battements de ton cœur et les pensées qui te traversent lors de tes silences.

Il se leva puis vint à mes côtés, sur le tapis, son regard à hauteur du mien. Nos doigts se mêlèrent quand il saisit ma main, je me surpris alors à me laisser aller contre son épaule, un sentiment de bien-être que je savais magique m'envahissant. Il reprit la parole dans un murmure, transformant ses mots en une confidence timorée :

— Je ne suis pas quelqu'un de facile, comme tous les archanges, j'ai tendance à me montrer capricieux et peu enclin à supporter les ordres d'un être inférieur à ma condition. Néanmoins, même si je peux me montrer brutal ou insubordonné, jamais je ne me dresserai contre toi. J'aimerais... j'aimerais que tu me donnes la possibilité de te protéger, et peu importe le chemin vers lequel tu décideras de m'emmener, il en sera éternellement ainsi.

— Et tu acceptes si facilement de servir un être inférieur à toi ?

— C'est la règle quand on tombe. Je savais à quoi je m'exposais en tuant ces humains, et je l'accepte.

— Je vois. Je vais essayer de te faire une petite place dans ma vie. En échange, je voudrais que l'on instaure une relation plus... enfin moins... euh...

— Hiérarchique ? proposa-t-il avec une moue adorable.

— C'est ça. Je ne suis pas à l'aise avec l'idée de devoir te commander.

— Je comprends. Sois sans crainte, je saurai deviner tes désirs avant même que tu ne les formules.

Sa voix suave me fit l'effet d'une caresse. C'était vraiment indécent de susurrer ce genre de promesse à une nephilim dont les hormones se ranimaient après plusieurs jours de coma éthylique de sexe – une semaine et deux jours pour être exacte.

— Nathanaël ?

— Mmh ?

— Ma... *déesse* ne se réveille plus qu'en ta présence, c'est normal ?

Il acquiesça et, lentement, il replaça l'une de mes mèches derrière mon oreille. Je sentis ses plumes duveteuses sur mes bras, son aile gauche s'étira au-dessus de mes épaules afin de me couvrir.

— C'est parce qu'elle sent que j'ai besoin d'elle, dit-il en se penchant encore vers moi. Les démons se nourrissent d'âmes alors que les anges se gorgent de lumière, quant aux déchus, ils oscillent entre deux mondes. Leur âme égarée s'alimente de plaisirs charnels, et exclusivement chez l'être à qui ils sont liés. Ta *déesse* se réveille pour moi.

— Ah ! J'ai dû oublier de lire les petites lignes en corps cinq à la fin du contrat.

Je vis que ses yeux complètement noirs incrustés de paillettes brillantes étaient braqués sur mes lèvres. Une vision vraiment fabuleuse, à tel point que j'avais envie de me rapprocher afin de me noyer dans ses prunelles.

— J'ai peut-être intentionnellement omis de les traduire dans ta langue, me taquina-t-il.

Ses bras se placèrent de chaque côté de mes hanches et nos corps se frôlèrent à chaque respiration.

— C'est dommage, je vais être obligée d'honorer les clauses de cet accord.

Le temps se figea lorsqu'il captura mes lèvres. Mes bras cédèrent sous la légère pression qu'il exerçait contre mon corps et je basculai dans les siens, au creux de ses ailes déployées. Son genou écarta mes cuisses afin d'imprimer son bassin sur mon bas-ventre, où je sentis aussi poindre une douce chaleur.

— Tu portes l'odeur d'un autre mâle, dit-il de façon bien trop possessive en interrompant notre baiser.

— Oui, j'ai passé un marché avec un démon lorsque Chuna me retenait. Il m'a détachée en échange d'une petite gâterie, m'expliquai-je comme si j'éprouvais un certain remords.

— Tu as aimé ?

— Pourquoi ?

Les milliers de petites étoiles dans ses yeux étincelèrent si fort que je fus obligée de fermer les paupières.

— Parce que je vais faire en sorte que tu n'aies plus jamais envie d'être comblée par un autre que moi.

Je suffoquai sous la brûlure du désir ardent qui explosa dans mes veines. Un rire érotique m'échappa, une mise au défi que j'envoyai directement à l'archange. Il me fit taire en m'embrassant. Un baiser teinté de passion et de sauvagerie.

Oh punaise ! Lorsqu'il se détacha afin de me soulever, un terrible frisson m'ébranla, comme si son contact laissait un manque dans mon cœur. J'en voulais encore !

— Qu'est-ce que tu fais ? m'inquiétai-je alors que la porte de la salle de bains s'ouvrait devant nous.

Il me déposa sur le rebord du lavabo. Mes jambes l'emprisonnèrent pour qu'il ne s'échappe pas. L'archange me débarrassa de mon tee-shirt et contempla un instant ma poitrine se soulever dans un rythme désordonné avant de claquer des doigts pour allumer l'eau de la douche.

Comme il ne bougeait pas, je m'attaquai aux boutons de sa chemise, lui ôtai et la jetai au travers de la salle de bains. Je traçai de mon doigt les infimes cicatrices sur son torse musclé. Je remplaçai mon index par ma langue et remontai lentement jusqu'à son cou. Son corps ne tressauta pas, mais je sentis son érection contre moi. Je continuai mon exploration en le libérant de sa ceinture et de son pantalon, qui tomba à ses pieds. Mon pouce se posa sur le gland que le boxer ne parvenait plus à dissimuler, mais avant que je ne puisse le faire glisser dans ma paume, l'ange me fit lâcher prise et força mes mains à trouver la peau chaude de son dos.

Mes fesses quittèrent la fraîcheur de la céramique et mes pieds foulèrent le revêtement de la douche sous laquelle nos corps se joignirent. L'eau qui tombait en pluie fine me prodiguait un bien-être qui fit s'envoler toute la pression de cette nuit cauchemardesque. L'archange s'entêta à nettoyer chaque centimètre de ma peau. Elle s'enflammait sous ses mains qui massaient délicieusement les parties sensibles de mon corps.

— Maintenant que tu as été lavée du parfum de ce démon, je vais te marquer du mien pour que tous sachent que tu es ma déesse, chuchota-t-il, son regard pailleté plongeant au-delà de mon enveloppe.

Il porta ma main à ses lèvres, embrassa chacun de mes doigts, puis remonta jusqu'à mon cou pour prendre le chemin de mes seins. J'ignorais combien de temps il lui fallait pour couvrir entièrement mon être de ses baisers, mais j'étais prête à le supplier pour qu'il ne s'arrête pas. L'eau devenue froide contrastait avec la chaleur de sa langue qui goûtait mon excitation. Elle s'introduisit avec avidité entre mon intimité trempée avant de torturer mon clitoris gonflé, qu'il suçota lorsque mes ongles s'enfoncèrent dans ses épaules. D'un mouvement de bassin, je me collai plus près encore, osant même refermer l'une de mes mains sur ses cheveux pendant que l'autre m'aidait à conserver l'équilibre. J'allais jouir s'il ne cessait pas immédiatement, et je ne désirais pas qu'il s'arrête. L'extase m'emporta, implacable, elle gronda si puissamment que je hurlai de plaisir. *Divin.*

Dans un état second, je m'entendis le réclamer en moi. Cette fois, je voulais le sentir, prendre davantage de plaisir. Et l'archange ne se fit pas prier, il me pénétra avec une lenteur extrême. Je remuai alors, impatiente et affamée, jusqu'à jouir une seconde fois. Il ne me laissa pas le temps de reprendre mon souffle, ses coups de reins devinrent endiablés. Mon dos rencontrait le carrelage ruisselant de la douche de plus en plus fort, mes jambes se serraient autour de lui alors qu'il me portait à bout de bras vers l'ivresse.

Pitié, faites qu'il ne s'agisse pas d'un rêve... mais je m'accrochai désespérément à lui en espérant qu'il ne cesse jamais. *Encore, encore, encore...*

— Ne t'arrête pas... ne t'envole pas, Nathanaël !

Je sentis son corps se tendre quand son prénom m'échappa.

— Nathanaël ! répétai-je d'une voix rauque. Viens... viens avec moi... viens en moi...

Un grognement caverneux me répondit et fit poindre un grand sourire sur mes lèvres, qu'il captura sans retenue. Son orgasme fut à la hauteur du mien, la tendresse de son baiser à l'opposé de sa manière de me faire sienne et son regard au-delà de la beauté du paradis.

Chapitre huit

Je ne dormais jamais avec mes amants pour la simple et bonne raison que l'on s'habituait trop vite à la présence d'un homme lorsque les ténèbres reprenaient leurs droits. Du moins, c'était mon cas. Voilà pourquoi je frottais ma joue contre les plumes soyeuses de l'archange pendant que ses bras m'enserraient dans une étreinte protectrice. Pour ma défense, le médecin m'avait prescrit du repos afin que je puisse récupérer de mon agression. Nathanaël s'était assuré que mon âme ne souffrait d'aucune carence énergétique en jouant les infirmiers très attentionnés.

— Bonjour, ma belle déesse, murmura-t-il à mon oreille. Je te rappelle que tu es censée passer la journée avec Estelle, qui sera là d'ici une petite heure.

— Mmmh...

— Je resterais bien au lit, à caresser ton âme pendant que je vais et viens en toi afin d'entendre ta douce voix murmurer mon prénom, mais ça ne serait vraiment pas raisonnable.

— Dommage, c'est assez tentant comme programme, soupirai-je en me tournant vers lui pour contempler quelques instants son sourire.

— Pourtant, nous sommes bien obligés de reprendre le cours de notre existence. Si je te garde trop longtemps pour moi seul, Gaël risque de soupçonner quelque chose et de débarquer sans prévenir.

— Bravo, tu viens de me refroidir avec l'image de mon père me surprenant au lit avec un déchu.

Je m'extirpai de la couverture, ainsi que de ses ailes, et me couvris d'un peignoir. Je rejoignis la cuisine en quête d'un thé bien chaud. Discrètement, je sentis mon avant-bras, et l'odeur particulière de l'archange me fit tourner la tête. Il ne fabulait pas quand il avait dit marquer mon âme, j'empestais la vanille Bourbon. La méthode me paraissait un peu extrême et quelque peu cavalière, mais je devais admettre que j'aimais cette délicieuse sensation de l'avoir dans la peau.

— J'adore ton nouveau parfum, dit-il avec une fierté toute masculine en faisant irruption dans la cuisine, simplement vêtu de son pantalon.

— Tu sais qu'on observe ce type de comportement chez les démons lorsqu'ils revendiquent une femme en tant que compagne ? répliquai-je tout en lui tendant un mokaccino fraîchement préparé.

Il suspendit son geste, ses yeux s'assombrirent et ses lèvres formèrent une ligne fine. Je crus l'espace d'un instant que l'ange allait faire trembler mon appartement ou s'évaporer par la fenêtre de contrariété, mais il finit par hausser les épaules puis attrapa la tasse fumante.

— J'ai toujours été possessif, un trait de caractère sur lequel je travaille depuis ma création.

— Les résultats n'ont pas l'air très probants, le taquinai-je afin de le dérider un peu.

— C'est différent avec toi. Ce qui nous unit est bien plus puissant que tu ne veux l'admettre, il s'apparente à un lien d'assujettissement, de mon point de vue.

— Tant que je ne deviens pas ta nouvelle obsession...

Il me jeta un regard torve avant que ses lèvres ne s'étirent en un sourire qui semblait me dire : « l'avenir nous dira lequel de nous deux sera l'obsession de l'autre ». Je me gardai de relever le défi, l'archange m'avait prouvé combien il pouvait se montrer tenace lorsqu'il s'agissait d'atteindre ses objectifs.

— Nathanaël, sors de ma tête, le réprimandai-je alors qu'il s'avançait vers moi tel un prédateur jaugeant les moindres gestes de sa proie. Et, que les choses soient bien claires, Dieu m'a condamnée à jouir des plaisirs charnels que mes partenaires m'accordent. Je ne peux pas contrôler mes pulsions, mon âme est soumise à cette libido dévorante depuis la Révélation et elle le sera toujours.

— Je sais. Mais mon Père ne t'avait jamais envoyé un être céleste, du plus haut grade, qui plus est.

— Un céleste déchu. C'est un peu comme un chocolat à la liqueur, tu as envie de le croquer, mais tu regrettes amèrement quand l'alcool fait frémir tes papilles.

— Ce n'est pas vraiment ce que tu disais cette nuit pendant que tu criais mon nom, rétorqua-t-il, agressif, piqué au vif par ma comparaison.

— Non, je te l'accorde, si j'établissais un classement de mes partenaires, tu n'aurais même pas ta place sur le tableau puisque tu es bien au-dessus.

— Alors, je ne comprends pas où est le problème.

— Il vient peut-être du fait que nous avons passé seulement trois nuits ensemble, si on compte la première, dont deux dans mon appartement, ma salle de bains, ma cuisine et mon lit ! Tu as de la chance que je ne sois pas sur les rotules avec toute cette énergie dépensée.

— Notre lien me permet de te ravitailler en conséquence.

Ah ! Pratique. Une sorte de vases communicants.

— Il n'empêche. Aucun de mes amants ne franchit cette porte, même pas Alex, c'est une règle d'or, interdite à transgresser. En quarante-huit heures, tu as envoyé balader tous les principes qui m'ont protégée jusque-là et... et, nous sommes là en train de prendre le petit déjeuner comme si c'était tout à fait normal.

— Alex, c'est le fils d'ange qui espère faire de toi sa femme ?

J'hallucine. De toutes mes craintes exposées maladroitement, il n'avait retenu que cet infime morceau où je parlais du nephilim !

— Ne hurle pas comme ça, se plaignit-il, une grimace déformant son visage. J'entends que tous ces bouleversements pèsent sur ta vie. Notre liaison bouscule ta stabilité et ton quotidien bien rangé. Enfin, je soupçonne que tu ne le maîtrises pas autant que tu le penses, car tes nuits sont agitées. Tu fais des cauchemars, tu n'arrives pas à contenir tes rêves prémonitoires. Je n'aime pas dire ça, crois-moi, mais j'ai besoin de toi. Pas seulement afin de me nourrir, j'ai besoin de toi pour ne pas que ma lumière s'éteigne définitivement.

Je soupirai. Cela n'avançait à rien de décharger mon anxiété sur le déchu, mit à part me mettre les nerfs en pelote, car il répondait à mes attaques. Il fallait que j'accepte cette situation – comme si j'avais véritablement le choix.

— Je ne souhaite pas être un fardeau, Debbie. Mon Père a fait en sorte que nous soyons unis. Je sais que ta vie ne nécessitait pas ma présence, peut-être pas aujourd'hui, mais j'aimerais apporter quelque chose à ton demain. Si possible, quelque chose de plus grand qu'un simple parfum sur ta peau.

— Tenons-nous-en à ça pour le moment, ce sera déjà bien.

— Qu'il en soit ainsi, ma déesse.

Je levai les yeux au ciel, puis m'affairai à la vaisselle afin de lui cacher mon amusement. L'heure avait profité de notre discussion pour filer à toute vitesse sur le cadran. Il me restait tout juste le temps d'enfiler une tenue, lisser mes cheveux et faire un rapide ménage. À moins que...

— Dis, tu pourrais utiliser tes pouvoirs pour remettre un peu d'ordre dans l'appart ?

— Avec plaisir, par contre, je n'ai pas entendu le mot magique...

— S'il te plaît, dis-je en appuyant sur toutes les syllabes.

Sa main s'éleva devant son visage, ses doigts en position pour générer l'enchantement, mais il laissa son geste en suspens.

— Nathanaël ?

Un claquement retentit et les objets qui traînaient s'animèrent pour reprendre leur place. La vaisselle fut rangée, les vêtements pliés et l'odeur de nos ébats remplacée par un air frais de lessive assouplissante. Je me sentis démunie avec mon torchon entre les mains, le verre que je séchais ayant disparu subitement. Bon, inutile d'investir dans un robot aspirateur, l'ange se chargerait du ménage à l'avenir !

— Efficace, le congratulai-je, vraiment bluffée par cette performance.

— Mon deuxième prénom !

— Bizarre, j'aurais plutôt pensé à « modestie », le taquinai-je en lui balançant mon essuie-verres. Je vais vite fait prendre une douche, du coup ! Non, non, non, le bloquai-je alors qu'il s'introduisait dans la salle de bains à ma suite. Je dois vraiment me dépêcher.

— Efficace, susurra-t-il en me décochant un clin d'œil.

— Je croyais que nous devions être efficaces.

— J'ai changé d'avis, ronronna Nathanaël.

— Ma copine va arriver d'une minute à l'autre et je ne tiens pas à ce qu'elle nous surprenne. Déjà que j'entends d'ici ses réprimandes à cause de mon enlèvement, alors imagine si elle découvre que je m'envoie en l'air avec un ange !

— Je peux dissimuler mes ailes, si tu veux.

— Nathanaël...

— D'accord. Sois prudente, abdiqua-t-il en déposant un baiser sur la commissure de mes lèvres avant de se tourner et de se diriger vers la fenêtre. Tu as exactement douze minutes !

J'en perdis de nombreuses à contempler le vide après son départ. Je terminais tout juste de m'habiller lorsqu'on sonna à la porte. J'ouvris précipitamment à Estelle, qui me salua d'un coup d'œil étonné :

— Une robe ?

— Euh... Je faisais des essayages, mentis-je effrontément.

— Pour la fête de fin d'année ?

— Tout à fait, pour la fête de fin d'année.

— Tu te souviens de la date ?

— Ha. Ha. Ha. Bien sûr !

Elle attendit sur le pas de la porte. J'étais cuite, elle n'entrerait pas tant que je n'avouerais pas tous mes crimes – à savoir un fichu pull long bleu en guise de robe au-dessus d'un collant noir.

— La semaine prochaine ?

— Debbie ! Elle se tient demain soir !

— Déjà ? Oh, ça passe trop vite.

Toujours impeccable, Estelle ôta ses chaussures à talon et posa les paquets qu'elle avait apportés sur le canapé. Sans gêne, j'embrassai d'un regard ses formes généreuses et plus particulièrement sa poitrine dont j'étais jalouse à en crever. Son visage rayonnait de malice, comme si elle préparait une bêtise, et le SMS échangé avec H. me revint en mémoire. Estelle était mon ange, mais son charme était digne des plus beaux succubes de l'enfer – sans compter son caractère explosif et sanguin.

— Pour commencer, tu vas me remercier pour ça, exigea-t-elle alors que mon petit sac pendait à son index. Ensuite, tu vas me raconter dans les moindres détails comment ce sourire idiot est arrivé sur tes lèvres. Et, pour terminer, nous allons te trouver une tenue digne de ce nom pour la fête de fin d'année des éditions.

— Dans ce cas, il va nous falloir du thé.

Beaucoup de thé, une tablette de chocolat au lait ainsi que des petits gâteaux puis un apéritif à base de rhum afin de faire passer le tout.

— Je me demande si c'est une bonne idée d'aller à cette soirée, doutai-je alors qu'Estelle m'aidait à attacher une magnifique combinaison dont le haut au dos nu tombait sur un pantalon droit.

— L'archange ne peut pas venir avec toi ?

— Même s'il peut cacher ses ailes, je crains que la cavité de ses yeux reste complètement noire. Il dégage une aura puissante, même un humain est capable de la sentir, alors il ne passera pas inaperçu. Que te dit ton intuition ?

— Rien, pour une fois. Je veux juste m'éclater avec ma meilleure amie lors d'une fête extravagante dans un établissement luxueux et bouffer à l'œil pendant qu'on drague le dernier beau gosse arrivé à la rédaction.

— Ça ne m'aide pas beaucoup, mais ce programme me plaît déjà.

— Pareil, et j'ai trouvé un argument choc : cette petite combi te va à merveille. C'est l'occasion de te montrer dedans !

— Ouais, tu as raison, je ne vais pas rester à me morfondre. La vie continue, ce n'est pas une garce de démone qui va m'arrêter !

— Ça, c'est ma Deb !

Si elle se pointait, Nathanaël s'en occuperait. Il voulait me protéger ? Alors qu'il le fasse !

Ma tenue validée, nous commandâmes des sushis et choisîmes la paire de chaussures parfaite. La soirée défila à vive allure. Le japonais terminé, nous l'arrosâmes de rhum pour digérer, continuâmes à discuter sans nous inquiéter de l'heure, puis nous nous endormîmes sur le canapé déplié pour l'occasion. Le réveil fut aussi difficile que nous le pensions, nous émergeâmes en retard, un cachet d'aspirine en guise de petit déjeuner.

— J'ai mal aux cheveux ! grogna Estelle tout en coiffant sa tignasse blonde. Rappelle-moi pourquoi nous avons descendu cette bouteille de rhum déjà ?

— Demi-bouteille ! Elle allait s'évaporer, comme tu as perdu le bouchon.

— Wouuh, je sens que la journée va être longue. Dire que l'on remet ça ce soir ! Tu sais que ton chef va baver quand il va te voir dans cette combinaison ?

— Tu parles ! ris-je alors que j'enfilais un pull long gris. Quand il va voir ton décolleté, il n'en aura plus que pour tes boobs !

— Cette conversation me dégoûte ! N'empêche qu'heureusement que tu ne manques jamais le boulot, les collègues pourraient croire que tu fais exprès de revenir aujourd'hui, juste pour la fête de fin d'année.

— Je me disais bien que c'était étrange de reprendre un vendredi... Je vais demander à ton frère de m'arrêter plus souvent !

— Nan, nan, tu n'as pas le droit de m'abandonner lâchement. D'ailleurs, j'espère que tu es prête, car on devrait déjà être au bureau !

— Mmmh, j'arrive.

Je gobai un pain au lait, sautai dans mes bottines et fermai à clef derrière Estelle, qui avait pensé à nos changes du soir. Nous courûmes jusqu'au RER, que nous eûmes de justesse, puis sommeillèrent jusqu'à notre station d'arrivée. Nous traînâmes des pieds, plus motivées pour retourner sous notre couette que pour nous concentrer sur nos dossiers – heureusement que la journée s'annonçait calme avec la fête qui s'organisait. Nous fûmes accueillies par Anna et Tom qui s'enquirent immédiatement de mon état de santé :

— Ma pauvre, une intoxication alimentaire, ça fait mal, compatit Anna en m'offrant un café serré. Tu as manqué le nouveau coup de foudre d'Estelle ! Si les anges existaient, ils ressembleraient à ce mec, j'en suis sûre.

— Ouais bah dommage que ce ne soit pas le cas, je lui aurais fait bouffer ses plumes ! s'agaça ma meilleure amie.

— Quel gâchis... tu n'as qu'à partager son numéro, qu'on puisse en profiter, minauda Anna, sous le regard dépité de Tom.

— J'avoue, tu es égoïste, Estelle ! ricanai-je. Je n'ai même pas de cavalier pour ce soir.

— Ce n'est pas mon problème !

— Oh ! Oh ! Elle ne veut pas te prêter son blondinet, on dirait.

— N'importe quoi ! Je ne suis pas égoïste, mais altruiste. Je pense à sa santé mentale, moi ! Elle n'arrive déjà pas à gérer Alex, on ne va pas prendre le risque de lui coller un autre prétendant dans les pattes.

— Sauf s'ils en viennent à se battre dans une arène comme des coqs, dis-je, l'air rêveur.

— Avec des plumes au cul ?

— T'es bête !

Nous gloussâmes comme des dindes. L'image des deux hommes avec des plumes de paon me fit bien marrer, et mes copines imaginaient exactement la même chose. Tom détourna la conversation, bien qu'il reste dans un registre assez féminin malgré tout :

— C'est la première fois que je te vois en robe, ça te change.

— Je ne sais pas trop comment je dois le prendre ? rétorquai-je en croisant les bras.

— Comme un compliment, bien sûr.

— Et encore, tu n'as pas encore vu la tenue qu'elle portera ce soir ! Les déesses vont être vertes de jalousie !

Malgré son clin d'œil complice, je trouvais le nombre de créatures surnaturelles très élevé dans notre conversation.

— Faut pas exagérer non plus, railla Tom, qui récolta un coup de poing dans l'épaule de la part d'Estelle.

La matinée se poursuivit sur cette note légère et festive – même les lignes de texte dansaient sur mon écran. Je déjeunai sur le pouce, mon chef tenait absolument à ce qu'une revue parte chez l'imprimeur dans les temps. Je réalisai l'exploit de la boucler en quelques heures pendant qu'il vérifiait la conformité des cafés délivrés par toutes les machines de la société – soit six, son chiffre fétiche. Mais, pour une fois, je ne comptais pas faire de rab. À dix-sept heures tapantes, je fis mon entrée dans les toilettes des filles, réquisitionnées pour l'événement par Estelle et Anna.

— On commençait à se demander si ton chef allait te donner ta permission de sortie un jour ! se moqua la brune déjà apprêtée, lissant sa robe noire très chic et cintrée à la taille.

— Hey, je ne suis pas en retard, tu pourrais me féliciter.

— On avait dit seize heures trente, Deb.

— Au quart près... c'est mon petit côté starlette, me défendis-je sans grand succès.

Estelle déballa mes affaires et m'ordonna de passer la combinaison en désignant la porte d'un claquement de doigts. J'obéis à cet élan d'autorité que je ne défierais pour rien au monde. Je chassai d'un mouvement de tête l'image de la jeune femme dans une tenue en latex, un fouet à la main, mais trouvai que ça lui allait curieusement bien.

— Au fait, Anna, tu comptes faire quoi avec TomTom ? hurlai-je au travers de la porte tout en me débarrassant de ma robe.

— Comment ça ?

— Ouais, ouais, fais pas l'innocente ! Tu ne vas pas me faire croire que tu n'as pas remarqué qu'il en pince pour toi !

— À ce niveau-là, c'est carrément de l'adoration, oui ! Aïe ! Arrête, tu sais que c'est vrai, le mec est en extase devant tes beaux yeux.

— Peut-être, mais il ne m'intéresse pas, déclara-t-elle avec une voix qui monta quelque peu dans les aigus.

— Il est plutôt beau garçon, continua Estelle.

— Nan, ce n'est pas du tout mon type.

— Sans oublier qu'il est intelligent, sympa et assez gentleman dans son genre, renchéris-je, en pleine lutte contre cette maudite bretelle qui ne voulait pas se croiser dans mon dos.

— Pourquoi tu ne te le tapes pas s'il te plaît autant, hein, Debbie ?

— Primo, je ne l'intéresse pas. Deuxio, on ne mélange pas sexe et boulot... raah les filles, j'arrive pas à mettre...

La porte s'ouvrit à la volée et les mains expertes d'Estelle vinrent à bout de l'entremêlement de tissus qui formaient le magnifique dos nu.

— Tu vois, finalement, on ne veut pas de lui pour des raisons identiques. C'est inconcevable d'avoir son mec sur son lieu de travail ! Comment je fais si j'ai envie de cracher sur mon couple alors qu'il traîne dans les parages ? En plus, vous dites ça, mais nous avons mis les choses au clair, lui et moi.

— Je pense qu'il a bien compris le message, ironisa Estelle, qui enlevait les quelques poils de son chat accrochés à mon pantalon. On parie qu'ils terminent ensemble à la fin de la soirée, Deb ?

— Oh ! On ne va pas au bal du lycée, mais à une fête organisée par notre boîte, alors tâcher de vous tenir un peu !

— Je vais faire de mon mieux pour veiller sur elle, promis-je en sachant que ma meilleure amie serait déchaînée et ingérable.

— De toute façon, je ne te lâche pas d'une semelle, m'assura Estelle, le regard dénué de sa pétillante folie habituelle. Tu serais incapable de retirer les boutons de la combinaison, donc, un conseil, ne bois pas trop.

— Tu me fais des avances ? gloussé-je. Je vais peut-être demander à Anna de venir avec moi, ce sera plus prudent.

— Attendez, on parle bien de faire pipi, là ? demanda ma collègue, un peu larguée.

Ah ! Anna pouvait être mignonne, parfois. Et Estelle ne perdit pas l'occasion de la taquiner :

— Quoi ? Tu n'as jamais fait ça dans les toilettes d'un hôtel particulier super-branché ? Tu devrais essayer !

J'explosai de rire devant la mine rougie d'Anna. Elle était adorable. Je comprenais que Tom craque face à sa pudeur naturelle et sa candeur dissimulant un esprit qui désirait s'épanouir aux plaisirs de la vie.

— Bon, les filles, le traditionnel selfie et nous sommes parties !

Estelle sortit son téléphone et nous prîmes une photo où nous affichions des moues suggestives, puis une suivante ainsi qu'une troisième, jusqu'à ce que notre Charlie, alias Tom, perde patience et fasse sortir ses trois drôles de dames.

— C'est marrant de te voir habillé en homme, ça change, le taquinai-je en caressant l'épaulette de sa veste grise. Je suis sérieuse !

J'appelai l'ascenseur, Estelle à mes côtés, alors que Tom ne trouvait plus ses mots depuis l'apparition d'Anna. Lorsque les portes s'ouvrirent, nous eûmes le projet mesquin de nous éclipser pour leur offrir un peu d'intimité, mais ce fut à mon tour d'avoir une vision divine. Je détaillai l'homme vêtu d'un smoking de grand couturier qui s'avançait dans ma direction, un sourire à faire chavirer le cœur d'un démon sur les lèvres. *Éblouissant.*

Dans un état second, je sentis la caresse de ses lèvres sur ma joue et la chaleur de sa main entre mes reins. Je me perdis un instant dans son immense regard, puis les mots sortirent enfin :

— Qu'est-ce que tu fous là ?

Chapitre neuf

— Tu savais qu'il venait ? agressai-je à moitié Estelle sur la banquette arrière de la magnifique voiture qui nous emmenait au cœur de Paris.

— Pour la dixième fois, je te promets que non, Deb.

Je m'obstinai à contempler la capitale défiler à toute vitesse, surtout afin d'éviter le regard azur qui cherchait désespérément le mien dans le rétroviseur. Le pauvre... je savais bien qu'il subissait tout autant que moi les caprices de mon père, mais je le soupçonnais d'apprécier la perspective d'une fête mondaine pour se montrer en ma compagnie.

— Alex, ce n'est pas contre toi, hein, capitulai-je enfin, sous le poids de la culpabilité.

— Je pensais vraiment que l'invitation était de ta part, sinon je ne me serais pas permis de venir, s'excusa-t-il avec un air penaud.

Ah... la voix du nephilim était si douce et possédait ce pouvoir d'apaiser mes ressentiments. Voilà pourquoi je me montrais toujours faible face à lui, il connaissait le langage de notre nature et lui chuchotait les mots qu'elle espérait entendre.

— Bon, allez, je consens à me rendre au bal avec toi et à être ta princesse le temps d'une danse, on va profiter de la soirée et s'amuser un peu.

Le sourire plein de promesses qu'il m'adressa à travers le miroir fit naître une chaleur ardente au creux de mon ventre. *Nathanaël, il semblerait que la ceinture de chasteté que tu m'as apposée ne soit pas très efficace... Au secours, ma déesse s'échappe !*

— La polygamie est autorisée au paradis ? chuchota Estelle à mon oreille.

— Aucune idée, mais les démons peuvent constituer des harems tant qu'ils ne revendiquent pas une femelle comme compagne. Oups, je crois que j'ai égaré mon auréole !

— Tu as oublié quelque chose ? me demanda Anna, qui n'était pas dans la confidence.

— Sa petite culotte !

— Pourquoi faut-il que tu rapportes tout à ça, Estelle ?

L'intéressée sourcilla, visiblement très amusée, au point de taquiner Anna même quand le voiturier emporta la berline. Alex me proposa son bras et je ne boudai pas cette charmante attention – mes talons me faisaient déjà horriblement mal. Ensemble, nous montâmes l'escalier en marbre conduisant à la salle de réception où se tenait l'apéritif d'accueil. Je jubilai lorsque j'entendis des murmures sur notre passage. Le charme du nephilim opérait sur l'assemblée, il nous offrit une entrée digne d'un couple royal. Même si je refusais de l'admettre, nous formions un magnifique duo, comme si nous étions nés l'un pour l'autre. Nos enveloppes charnelles s'opposaient, alors que nos âmes chantaient à l'unisson, mes besoins vitaux comblaient les pulsions insatiables qui battaient dans ses veines et notre lumière brillait tel un phare au milieu de la mer.

Oui, Alex était fait pour moi...

— Champagne ?

Mais mon cœur cherchait cette passion absolue qui brûlerait mes ailes à jamais.

— Volontiers, acceptai-je en saisissant la coupe qu'il me tendait. On trinque ?

— Aux surprises que nous réserve demain, dit Estelle, ses mots faisant étrangement écho à ceux de l'archange.

— Aux surprises, répéta Tom, son verre tintant contre celui d'Anna.

— À demain, murmurai-je avant de porter le cristal à mes lèvres.

Après cette petite mise en bouche, nous passâmes à l'inévitable discours long et ennuyeux du dirigeant dont je ne retins que la cravate de mauvais goût. Vint ensuite une ribambelle de hauts placés. L'un après l'autre, ils affichèrent avec fierté la hausse du chiffre d'affaires et le travail exemplaire des acteurs faisant de la maison une entreprise prospère. Dans le gigantesque amphithéâtre accueillant les cinq cents collaborateurs, je fis passer le temps en détaillant mes collègues. Elles bavaient sur Alex, qui ne cessait de m'adresser des œillades. La présentation des nouveaux sur le thème des années folles arriva enfin, sonnant au passage la délivrance et l'heure du buffet dînatoire.

J'entraînai mes compagnons jusqu'aux tables garnies de petits fours et mis un point d'honneur à tous les goûter – au cas où une enquête de satisfaction circulerait par la suite. Une nouvelle coupe remplaça les suivantes, et nos rires explosèrent au moindre prétexte alors que nous virevoltions d'un groupe de collègues à un autre. Mis à part la présence d'Alex, qui s'était intégré avec une facilité déconcertante, m'amuser avec mes amis à une fête me faisait le plus grand bien. La distraction se révélait être un excellent moyen de tromper mes pensées entremêlées et d'appréhender l'avenir plus sereinement – ou était-ce l'alcool ? En ces lieux, mon seul danger était de terminer suspendue aux lèvres d'Alex pendant qu'il libérait mes vils instincts. Du moins, j'aimais me croire en sécurité, espérant que l'archange y veillait. Je sentis mon cœur se serrer lorsque son visage m'apparut et remplaça celui du nephilim, dont les charmes mettaient au supplice mon esprit lubrique.

— Hey, tu vas bien ? me demanda Alex.

Il se rapprocha afin d'étudier mon regard fuyant. Sa chaleur, son odeur, sa douceur, tout ce qui le composait me fit du bien et me mit mal à l'aise en même temps.

— Oui, désolée, juste un petit coup de fatigue.

— Tu veux danser ?

— Pourquoi pas.

Avant de rejoindre les danseurs, j'envoyai un coup de coude dans les côtes de Tom, puis lui désignai la piste de danse qui commençait à se remplir. Alors qu'il se tournait vers moi, je lui fis les gros yeux afin de l'encourager à inviter Anna. Un éclair de lucidité le traversa quand je partis avec Alex, main dans la main, jusqu'au centre de la salle.

— Ne comptez pas sur moi pour tenir la chandelle pendant ce temps-là, bande de lâcheurs ! s'écria Estelle, que nous plantions sans vergogne. Si vous me cherchez, je suis au bar.

— Ta copine est un sacré numéro, dit Alex.

— Mon chiffre porte-bonheur !

— Au fait, tu as changé de parfum ?

— Oui, je n'en pouvais plus des fragrances fleuries, mentis-je, me déhanchant afin de lui changer les esprits.

— C'est drôle, il fait ressortir ta véritable nature, tu sens l'ange.

Je n'ajoutai rien. Ce bougre bougeait son corps comme un dieu. Il maîtrisait le moindre de ses mouvements, une perfection tout angélique qu'il avait su cultiver dès son plus jeune âge alors que j'apprenais juste à apprivoiser ma libido. Alex connaissait ses origines depuis l'adolescence, la Révélation arrivant beaucoup plus tôt chez les mâles nephilims, et avait fait le deuil de sa précédente vie assez vite. Intelligent, il s'était assuré la protection des anges en échange d'une faveur dont il conservait le secret.

Le changement de rythme musical l'encouragea à se rapprocher davantage ; sa main effleura la peau de mon dos avant de trouver sa place entre mes reins, et nos corps se joignirent naturellement. Son souffle au creux de mon cou me fit frissonner quand sa voix s'éleva près de mon oreille afin de se faire entendre :

— Tu es certaine que tout va bien ? Je te trouve... différente.

— C'est parce que j'ai promis à ma collègue de ne pas m'envoyer en l'air avec toi dès le début de la soirée ?

— Je suis sérieux, Debbie. Je vois bien que tu es ailleurs, quelque chose te préoccupe, tu restes sourde à mes sollicitations. Ce n'est jamais arrivé auparavant. J'accède toujours à ton aura, mais elle semble prisonnière de tes propres sentiments.

Je fermai les yeux puis posai ma tête contre son épaule. Les derniers jours passés sous silence pesaient sur ma conscience, comme si je savais que je commettais une erreur irréparable, mais que ce danger m'attirait bien trop pour lutter.

— Tu sais que tu peux tout me dire.

Oui, il saurait m'écouter, alors pourquoi était-ce aussi difficile de me confier ?

— Mais, tu n'en feras rien, car tu as peur que je ne révèle tout à ton père ? Même si j'ai une confiance absolue en Gaël, il n'en reste pas moins un ange. Mon instinct me poussera toujours à nous protéger, quoi qu'il en soit.

— Justement, tu n'as pas à le faire, Alex ! soupirai-je. Je ne comprends pas ce délire de vouloir absolument veiller sur moi alors que je m'en suis toujours sortie sans votre aide jusqu'ici ! m'énervai-je avant de ravaler mes mots quand je me rendis compte que je faisais allusion à l'archange.

— C'est dans ma nature, la raison pour laquelle les hommes de notre espèce sont précoces, afin de trouver et d'épauler leur...

Non, non, non ! Ne m'oblige pas à te blesser ! Je t'en supplie, ne le dis pas... Pourquoi tu t'arrêtes de danser ? Alex, Alex, Alex, ne me fais pas ça ! Au secours ! Estelle, quelqu'un, n'importe qui ! Aaah !

Je sentis les tremblements secouer son corps, les battements désordonnés de son cœur et sa respiration se bloquer. Brusquement, il me serra plus fort, à m'en faire presque mal.

— Excusez-moi, nous interpella une voix inconnue par-dessus la musique. Puis-je vous emprunter cette jolie déesse le temps d'une danse ?

Intriguée, je pivotai entre les bras d'Alex et découvris un homme d'une trentaine d'années dont le visage me paraissait vaguement familier. Cette beauté ensorcelante de ceux qui touchaient la lumière ainsi que ces iris bleu glacé... *Oh...* il était bien plus grand et imposant qu'il n'y paraissait sur le selfie de Nathanaël. Cet être céleste disposait d'un corps taillé pour le combat, je pouvais le voir jusque dans son regard braqué sur le nephilim qui osait lui tenir tête. *Un soldat de la milice.*

— Si j'étais toi, fils impur, j'irais sagement siroter un verre et resterais en dehors de ça, menaça l'ange dont je devinais la faculté de lire dans les pensées.

Voyant qu'Alex restait à mes côtés malgré la peur et la mise en garde, je m'interposai :

— Ne fais pas de bêtise, s'il te plaît. Ça va aller, c'est juste une danse, d'accord ? Je ne risque rien, je te le promets. On se connaît, lui et moi.

Il hésita puis relâcha ma main à contrecœur, résigné. Je me savais en sécurité auprès de l'ange dont la présence découlait certainement des souhaits de l'archange. Alex recula sans quitter le nouvel arrivant des yeux, prêt à bondir, mais la foule de danseurs l'avala.

— Hariel, je suppose ?

— Enchanté de te rencontrer, s'inclina-t-il avec respect.

— De même, je suis contente de faire la connaissance d'une personne proche de Nathanaël.

Je ne parvenais pas à cerner son humeur, mais une petite pointe de malice perçait sous le professionnalisme dont il faisait preuve. Il prenait tout cela très au sérieux, comme s'il s'agissait d'une mission...

— Tu sais qu'Estelle va t'arracher les plumes si elle te voit ? tentai-je afin de prendre la température, me souvenant de nos SMS échangés quelques jours auparavant.

— Mmh... je connais mieux pour engager la conversation avec un ange, me taquina-t-il à son tour – du moins, je l'espérais –. Si cela peut te rassurer, je ne suis pas très à l'aise non plus, je n'excelle pas dans l'art de la danse.

— Tu permets ?

Je l'aidai à placer sa main sur mes hanches pendant que l'autre se scellait à la mienne. Il me jeta un regard indéchiffrable, puis nous commençâmes à faire quelques pas. Il se fichait de moi, il maîtrisait parfaitement le sujet ! Après m'avoir fait tourner sur moi-même et plaqué mon corps contre le sien, il plongea au plus profond de mon être au travers de ces fenêtres qu'étaient les yeux. Il s'écoula un battement d'ailes de papillon, aussi long qu'une éternité passée dans les flammes de l'enfer. L'ange embrasa mon âme. Sa lumière s'immisça jusqu'aux tréfonds de mon être, illumina toutes les bougies éteintes sur mon chemin, libéra ma part angélique, qui déplia ses ailes pour la première fois. Au cœur de cette lueur se trouvait ma déesse, mon ange. Elle tenait entre ses doigts une magnifique plume blanche à l'extrémité dorée.

Je fus brutalement délaissée par la chaleur de Hariel et recouvrai mes esprits. Le soldat me serrait contre lui afin que je ne m'écroule pas. Je voulus chasser le sentiment d'abandon en fermant les paupières, mais l'image d'une plume rongée par les flammes me hantait.

Je sentis une énergie se diffuser sous ma peau et le brouillard dans lequel je me perdais se dissipa. Je n'avais même pas remarqué que Hariel me contemplait avec fascination, je crus l'espace d'un instant qu'il allait se mettre à genoux et me demander en mariage. *Tu délires !*

— Tu as... une rémige appartenant à mon archange, murmura-t-il alors que son visage se fendait d'un large sourire.

Son attitude changea du tout au tout, comme si le soldat s'effaçait afin de laisser place à la véritable identité du céleste. La barrière qu'il avait érigée s'effondrait au fur et à mesure qu'il s'ouvrait. L'homme radieux des photos découvertes sur le téléphone remplaça le soldat.

— On peut aller prendre l'air ? Je ne sais ce que tu m'as fait, j'ai l'impression de suffoquer.

— J'aurais préféré demander ton autorisation avant de juger ton âme, mais je craignais de te blesser en cas de résistance. L'effet de surprise est ce qui fonctionne le mieux.

— Tu entends quoi par juger ?

— Que notre Père ne pouvait pas faire plus doux comme punition à ce prétentieux d'archange, éluda-t-il en m'adressant un clin d'œil.

J'ignorais où il voulait en venir. Nous quittâmes la réception. La brise sur le balcon m'aida à calmer mes nerfs mis à rude épreuve. Je prenais sur moi afin de ne pas exploser et d'aller envoyer balader toute cette histoire. L'ange eut la décence de patienter, accoudé à la rambarde, guettant les invités qui défilaient et prenaient la direction de la salle. Nous nous retrouvâmes alors en tête à tête ; le silence se fit oppressant et il s'empressa de le rompre :

— Puis-je la voir ?

— Peut-être, si tu m'expliques pourquoi tu tiens tant à cette plume.

Sa mine se renfrogna. Comme l'archange, il n'aimait pas mon refus d'obtempérer, mais je ne lâcherais rien.

— Je suis son plus proche ami et son bras droit, ma loyauté est sans faille, dit-il afin de justifier sa demande légitime.

— Vu l'intérêt que tu portes à cette plume, je suppose qu'elle possède un grand pouvoir. Je ne te connais pas, Hariel. Et je sais combien le pouvoir peut être un poison. Sa place te reviendrait très certainement s'il venait à chuter définitivement. Non ?

Je me redressai et plantai mon doigt dans sa poitrine.

— Nathanaël est l'homme à qui je suis liée, par conséquent, ce qui le concerne me concerne. Touche à cette plume, ou à une autre de ses ailes, et ton enfer portera mon prénom. Ange ou pas.

Un délicieux effluve de vanille flotta autour de nous, lequel redoubla lorsque Hariel explosa de rire.

— Je comprends pourquoi elle te plaît autant, mon frère. Elle est aussi audacieuse que toi.

Je scrutai le ciel en quête de l'archange, mais je ne vis que la voûte étoilée.

— Bien, venons-en à la plume, dit-il afin de capter mon attention. D'après tes souvenirs, celle-ci est blanche, tu me le confirmes ?

— Oui, je l'ai trouvée après sa déchéance.

— Tu tiens entre tes mains son ticket pour la rédemption. Lorsque l'âme du déchu reçoit l'une de ses plumes d'ange de la part de son maître, les portes du paradis s'ouvrent à nouveau à lui et l'ange récupère sa place parmi les siens.

— C'est... aussi simple que ça ?

— Si tu n'avais pas cette plume, ce serait bien plus complexe. Comme tu l'as certainement remarqué, la teinte des ailes de celui qui est banni change lors de la chute, elle devient noire. Il faut donc que le maître ait arraché une plume au préalable, lorsque l'ange était encore céleste, ou attendre que les actes de l'ange purifient son âme. Le Conseil des archanges a juste voulu lui donner un avertissement, rien de plus, puisqu'ils t'ont remis la rémige.

J'étais sous le choc. J'avais joué avec le salut de Nathanaël pendant tout ce temps...

— Pourquoi il ne m'a rien dit ?

— La plume n'est pas seulement la clef du paradis. Elle peut précipiter un ange dans les flammes de l'enfer s'il choisit la mauvaise direction. Il est rare que le Conseil en confie une à cause de la dangerosité qu'elle représente. Connaissant mon supérieur, s'il sait que tu en as une en ta possession, il ne doit pas s'estimer digne de porter à nouveau l'auréole, il souhaite purger la sanction imposée par le Conseil. Tu sais, les anges, les ordres, tout ça...

— J'ai ma petite expérience dans le domaine, soupirai-je. Ou, alors, il est tombé sous mon charme, qui sait ?

— L'espoir fait vivre, petite déesse.

Pour une raison que j'ignorais, cela me chagrina quelque peu. C'était idiot, je n'attendais rien de ses promesses résultantes du lien, et encore moins une idylle avec un archange. L'idée m'excitait beaucoup, je l'avouais, mais je restais lucide. Je rougis quand Hariel me jeta un regard en biais. Je me vengeais en imaginant ses doigts glisser le long de mon dos nu, retirer sensuellement les boutons de mes bretelles et laisser le tissu tomber sur mes chaussures à talon. Vint le clou du spectacle. Haziel put découvrir une très belle culotte en moumoute avec des oreilles de chat. Le summum du sexy.

Tu aimes ça, H ?

L'ange s'étrangla, ses joues cramoisies confirmèrent mes doutes et me firent ricaner :

— Si tu te balades dans ma tête, c'est à tes risques et périls.

— Arrête ça ! Tu veux que mon archange m'envoie directement griller en enfer ou quoi ? Je ne recommencerai plus, promit-il en toussotant. Si tu veux, je pourrai même t'apprendre comment verrouiller ton esprit, ce qui peut être pratique dans certains cas. D'ailleurs, ton nephilim devrait suivre mon cours particulier, termina-t-il avec un air menaçant braqué en direction de ce dernier.

Derrière le dos massif de l'ange, je vis Alex s'approcher. Une étrange lueur se reflétait au bout de son bras droit. Je plissai les yeux et frémis lorsque je reconnus un poignard qui ne tremblait même pas entre sa main, si serrée que ses phalanges étaient blanches.

— Écarte-toi, Traqueur, gronda Alex.

Je tiquai au titre énoncé, mais fus incapable de lâcher du regard la lame qui s'illuminait dans l'obscurité.

— Une dague d'Azraël ? Je m'étonne que l'ange de la Mort prête ses joujoux à un sous-être tel que toi, sans vouloir te vexer, ma chère déesse.

L'ange de la quoi ? Oh mon Dieu ! Pourquoi Alex possédait-il une telle arme ? Tout cela ne me disait rien qui vaille.

— Donne-moi ça avant de te blesser, ordonna Hariel en faisant un pas dans sa direction. Une coupure suffit, mais tu ne parviendras jamais à me toucher, même si Debbie s'amusait à te prêter main-forte. Tu le sais, alors ne fais pas quelque chose que tu pourrais regretter.

— L'orgueil des célestes me fascinera toujours.

— OK, OK, les mecs, c'est bon, on se calme ! m'écriai-je en m'interposant à nouveau. Hariel est mon ange gardien, d'accord ?

— Un Traqueur ?

— Tout à fait, il veille sur moi.

— Tu te fous de ma gueule ?

— Alex, je vais tout t'expliquer, mais tu dois ranger ce... truc de la mort, tentai-je de le raisonner.

Je reculai d'un pas lorsque l'arme décrivit un arc de cercle sous son geste enragé.

— Un Traqueur, ton ange gardien ! hurla-t-il. As-tu la moindre idée de la mission de cette unité de soldats d'élite ? Je vais te donner un indice, tout est dans le nom qu'ils se sont donné ! Ils poursuivent les créatures indésirables, les détruisent ou leur infligent un châtiment éternel. Dans notre cas, il serait préférable d'obtenir les faveurs d'Azrael.

Le monde vacilla subitement autour de moi et l'excédant de parfum vanillé me retourna l'estomac. J'ignorais le sort que réservaient les anges aux nephilims, mon père et Alex ayant toujours refusé de m'en faire part, mais la peur de mon congénère devint mienne. Lorsque je compris que l'artefact entre ses mains pouvait tuer un céleste, mais aussi offrir le repos à un être désespéré, je sentis mon sang se glacer. Pourtant, il fallait que je me maîtrise pour le dissuader de s'élancer dans un combat dont il sortirait perdant. J'avais vu l'archange terrasser un cerbère d'un claquement de doigts, je ne doutais pas des talents de Hariel dans ce domaine.

— Écoute, je sais que c'est difficile à croire, mais tu dois me faire confiance. Il n'est pas officiellement mon gardien, c'est vrai, tu as raison.

Je me tournai vers l'ange, à la recherche de son soutien, même s'il m'effrayait, à présent.

— Je dois le lui dire.

— Ce n'est pas une bonne idée, grinça Hariel tout en secouant la tête, sans dévisser son regard du nephilim. Il va encore vouloir jouer les héros.

— Ça suffit, Debbie ! Je ne sais pas ce qui te prend, mais...

— J'ai été enlevée par un démon alors que je prenais un verre avec mes collègues, lâchai-je telle une bombe avant que la situation ne dégénère davantage – si c'était possible.

— Quoi ? murmura-t-il, abasourdi.

— Tu m'as demandé pourquoi je semblais perturbée, Alex, mon âme a été mâchouillée par une connasse en cuir adepte de la torture !

— Une marquise infernale, Chuna, pour être plus précis, corrigea l'ange.

— Par miracle, j'ai réussi à me faire passer pour une humaine, mais sans l'intervention des Traqueurs, dont l'un d'entre eux précisément...

Je me mordis le poing. *Ce n'est pas le moment de craquer !* Je crus ressentir la présence de l'archange auprès de moi. Hariel vola à mon secours, sa main sur mon épaule me prodigua le réconfort nécessaire pour chasser mes larmes. Il reprit à ma place :

— Tu sais comme moi que les dernières nephilims se sont éteintes lors du siècle dernier.

Hein ? Pardon ? Comment ça « éteintes » ? Tu es en train de dire que je suis la... oh merde...

— Le paradis tient énormément à l'unique représentante de votre espèce.

QUOI ? Il vient de le dire ? Il vient de le dire !

— Debbie achève à peine sa Révélation et ne sera pas fertile avant plusieurs années. Nous ne pouvons pas prendre le risque qu'elle tombe dans les bordels de l'enfer, son âme n'y résisterait pas. Comme vous êtes incapables de protéger vos femmes, nous prenons les choses en main, avec notamment mon affectation à cette mission.

Outch ! Alex encaissa la gifle infligée par les mots bien mieux que moi. J'étais littéralement sonnée. Par chance, l'ange insufflait de puissantes vagues d'énergie bienfaitrice sous ma peau, je parvenais ainsi à garder la tête hors de l'eau.

— Attendez, si je suis si précieuse, pourquoi les anges n'engendrent pas d'autres enfants avec des humains ?

— Parce que ce n'est pas aussi facile.

— C'est-à-dire ? Mon père a bien réussi, j'en suis la preuve vivante, Alex aussi.

— Et c'est un miracle. Les anges ne peuvent pas se reproduire entre eux, ils sont quasiment infertiles. Le taux de survie des bébés est anecdotique.

— Mh. OK. Et vous tenez à ce que je reste en vie parce que je suis capable de guérir les blessures des corps et des âmes ?

— Sérieusement, ton géniteur ne t'a pas renseignée à ce sujet ? Notre Père a créé les anges d'un unique battement de cœur. Nous sommes tous nés en même temps et, depuis, aucun autre n'a été façonné par Dieu. Si un nephilim fait ses preuves, s'il se consacre à la lumière, alors il accède à l'Ascension et devient un ange après sa mort. Il arrive aussi qu'un couple de nephilims donne naissance à un ange. C'est pour cette raison que nous les enfermons, mais je n'ai jamais trouvé les résultats très probants. Enfin, ça fait un moment, puisque vous êtes une espèce rare et convoitée, comme les enfants de démons.

Et, accessoirement, j'étais la dernière. Je déglutis pour faire passer la pilule. Ces révélations me laissèrent quelques secondes sans voix.

— Je te préviens, je ne finirai pas enfermée avec Alex à faire des bébés jusqu'à pondre un ange ! Même si s'entraîner avec lui à la reproduction est loin d'être désagréable.

— Ne t'en fais pas, aucun ordre n'a été émis dans ce sens.

— Jusqu'au jour où tes supérieurs changeront d'avis, grogna Alex avant de se radoucir. Merde, Debbie... Je... Pardonne-moi, j'aurais dû être là et...

— Puisque tu souhaites te faire pardonner, nephilim, je te propose de rassembler ses amis et de prendre la route de tes appartements. Je sens la présence d'un démon, dit Hariel. Un rejeton, plus précisément, avec une vilaine cicatrice barrant son visage. Il porte la marque de Chuna.

Ruth.

— Hors de question, je reste.

— Misons sur la discrétion. Mes frères sont au paradis, et les convoquer attirerait l'attention, ce qui est exclu. Si tu tiens un tant soit peu à elle, fais ce que je te dis, intima l'ange à Alex.

Hariel passa alors son bras autour de mes épaules dans un geste protecteur. Alex parut peser le pour et le contre, puis hocha la tête au bout d'un long moment d'hésitation. Je lus une grande détresse dans son regard avant qu'il ne se détourne et file vers la salle.

— Je crois que mon père me doit quelques explications... Il commence à y avoir beaucoup trop d'hommes dans ma vie, soufflai-je tout haut, sachant qu'il était inutile de cacher l'inquiétude que m'inspirait la situation.

— Tu comprends pourquoi Nathanaël m'a demandé de te rejoindre ? Je suis ton Cupidon !

Une réplique cinglante me chatouilla la langue, mais je me retins de lui dire où il pouvait se foutre ses flèches empoisonnées. Ce n'était pas le moment de perdre les pédales ! Le souvenir de Ruth entre mes lèvres me revint en mémoire ainsi que sa douceur, malgré le monstre tapi au fond de son être.

Je m'étais jouée de lui, le démon venait se venger.

Chapitre dix

— Il faut neutraliser le démon avant qu'il…

Une alarme incendie retentit alors au-dessus du vacarme des basses, faisant trembler le sol. *Trop tard.*

— Tellement prévisible, s'exaspéra l'ange.

— Son lieutenant est sous forme humaine, dissimulé sous un puissant sort, j'essaie de le localiser depuis le début de la soirée, dit soudainement Nathanaël.

Je sursautai. Il venait de se poser sans aucun bruit. L'archange dégageait une forte énergie et une dangerosité qui plaisait beaucoup trop à ma déesse intérieure.

— Tu parles de Gueule-d'Ange ?

Le déchu me jeta un regard orageux, la référence ne lui plaisait pas, visiblement, alors que son acolyte penchait la tête sur le côté, l'air intrigué. Il finit par acquiescer. Pas Ruth, donc. Pourtant, mon instinct me soufflait que ce dernier n'était pas loin.

— Je procède à l'extraction de Debbie par la voie des airs, inutile de lui faire courir plus de risques, déclara Nathanaël.

Assure-toi qu'aucun humain n'est blessé, nous devons limiter au maximum les dégâts, et neutralise les deux démons.

Hariel hocha la tête. Il ne s'attarda pas davantage sur le balcon. Étrangement, je ne ressentais aucune peur aux côtés de l'archange, mais une terrible angoisse m'empêchait de saisir la main qu'il me tendait. Au moment où il décida de m'emmener de force, des talons claquèrent contre le sol et Estelle courut dans ma direction, à bout de souffle.

— T'es pas avec Alex ? m'écriai-je alors qu'elle me saisissait le bras.

— Désolée, je ne suis pas d'humeur à consoler les cœurs brisés que tu laisses sur ton chemin. Ils évacuent les invités par les issues de secours. Un feu s'est déclaré dans les cuisines apparemment, mais l'un des serveurs m'a assuré qu'aucune fumée ne s'échappait.

Elle s'accroupit au sol et renversa le contenu de son sac au sol, elle attrapa ses clefs puis se tourna alors vers l'archange :

— Mettez-la en sécurité chez moi, vous ne devez surtout pas retourner à l'appartement ! C'est toi qu'ils veulent, c'est obligé.

Le visage fermé, Nathanaël prit les clefs. Je m'attendais à le voir montrer les crocs à cause du ton autoritaire de mon amie, mais il ne dit rien. Je pâlis à l'idée que des démons fracturent ma porte puis retournent mon petit nid. Mais, autre chose m'inquiéta bien plus que la violation de mon espace personnel...

— Estelle..., commençai-je, rapidement coupée dans mon élan.

— Nous n'avons pas le temps, ma belle. Le démon de l'autre jour est là, il te cherche pendant qu'un complice détourne l'attention. Vous devez partir, maintenant !

— Comme tu sembles être capable d'identifier l'homme qui pourchasse Debbie, trouve mon frère, un blond que tu as déjà rencontré au « Chez Mathilde » et montre-lui le démon afin qu'il puisse lui ôter l'envie de s'en prendre à elle.

— Quoi ? Même pas en rêve ! m'indignai-je. Estelle, tu viens avec nous, il peut largement nous porter toutes les deux.

— En échange, vous jurez de la protéger comme s'il s'agissait de votre propre vie ? renchérit mon amie sans se préoccuper de mes protestations.

— Qu'il en soit ainsi.

Après cet accord des plus insensés, elle tourna les talons alors que l'ange m'enfermait entre ses bras. Il déplia ses ailes afin de nous propulser dans les airs.

— Nathanaël, je ne peux pas la laisser avec ce psychopathe de démon ! hurlai-je en me débattant férocement alors que le balcon s'éloignait au fur et à mesure de notre montée.

— Je dois te mettre en sécurité, dans tous les cas, tu es une cible bien trop sensible.

— Repose-nous là-bas, tout de suite !

— J'honorerai ma part du marché quoi qu'il arrive, ton amie sait ce qu'elle fait, grogna-t-il.

— Comment pourrait-elle le savoir, c'est une humaine !

— Tu es ma priorité, Debbie. Je ne supporterai pas de sentir ton âme souffrir une nouvelle fois. Nous allons chez Estelle, une fois le périmètre sécurisé, j'irai leur prêter main forte. Tu as son adresse ?

Il comptait vraiment m'y emmener ! J'ouvris la bouche afin de lui exposer ma façon de penser, quitte à utiliser une injonction et user de ma condition de supériorité à son égard, mais les mots ne sortirent pas. Un léger détail me revint en mémoire.

— Il faut que l'on retourne chez moi, bredouillai-je, mon sang se changeant en glace dans mes veines.

L'archange stoppa net notre ascension, un violent spasme secoua son corps et la prise qu'il maintenait sur mon corps se fit moins forte. *Il avait vu.* Contre mon dos, sa poitrine s'élevait puis s'abaissait lentement, comme s'il puisait au plus profond de lui afin de garder son calme. Mes mains s'accrochèrent à ses avant-bras et mes ongles s'enfoncèrent dans sa chair. Je ne devais pas paniquer. *Facile à dire !*

— Nathanaël, ne me laisse pas tomber, implorai-je. Je glisse !

Brusquement, le vent fouetta mon visage, si fort que je ne parvenais plus à respirer. L'archange filait si vite que j'eus toutes les peines du monde à supporter sa rapidité de vol. Je manquais de perdre connaissance quand la vitesse atteignit mes limites physiques, mais le bruit d'une explosion de verre m'aida à rester consciente. Je m'écroulai malgré tout lorsqu'il me relâcha, et une vive douleur me foudroya sous l'introduction du déchu dans mon esprit.

— Où est-elle ? hurla sa voix méconnaissable, ses cordes vocales semblant s'être déchirées.

Aucun son ne sortit de mes lèvres entrouvertes. Ma vue obstruée s'éclaircit, et je montrai du doigt la bibliothèque du salon, déjà soigneusement saccagé par des cambrioleurs. Il s'occupa de réduire en morceaux de papier les derniers livres en place, et je compris que ce que j'avais pris comme de la fureur n'était en réalité qu'une peur viscérale. Je me déplaçai à quatre pattes au-dessus des romans éparpillés sur le parquet et cherchai d'une main tremblante celui où je rangeais sa plume.

C'est un cauchemar... pitié, faites que ce soit un cauchemar !

Je n'avais jamais demandé quelque chose à Dieu jusque là, mais je lui adressai toutes mes prières quand je trouvai la couverture bleue entre toutes les autres. Des pages du livre se détachèrent du dos. La plume n'était plus là. Je vérifiai feuillet après feuillet. Rien. L'attaque de l'hôtel n'avait été qu'une diversion dans le but de nous tenir à distance, le temps de mettre la main sur la rédemption de l'ange.

Je n'osais même pas relever le regard vers lui. D'après Hariel, la rémige pouvait ouvrir les portes de l'enfer à Nathanaël, la démone devait en avoir conscience. Cette maudite plume aurait dû être remise à l'archange dès le lendemain de son exclusion. Elle m'avait été confiée, à moi, et je venais de condamner un ange sans même le savoir, parce que j'étais incapable de me préoccuper d'autre chose que de ma petite personne.

Un sanglot s'extirpa de mes lèvres, puis des larmes ruisselèrent sur mes joues. La culpabilité se mêlait à la colère, créant un cocktail dangereux qui rongea mes entrailles et assombrit ma lumière. Mes poings se fermèrent, mon âme gonfla au creux de mon enveloppe, qui semblait trop étroite, et mes sentiments cognèrent contre mes tempes.

Soudain, je sentis les doigts de l'archange cueillir les perles salées qui inondaient mes pommettes. Ils furent remplacés par ses lèvres chaudes, ses baisers tendres apaisèrent mon cœur, puis il m'attira contre lui. Je ne méritais pas son attention, mais je ne parvenais pas à le repousser, j'en avais terriblement besoin.

— Je vais la récupérer, lui promis-je. Même si je dois suivre cette grognasse jusqu'en enfer, j'irai la chercher et te l'offrirai afin que tu récupères ta place auprès des tiens.

L'ombre d'un sourire s'imprima sur son visage, puis il m'obligea à relâcher la couverture du livre que je tenais toujours dans mes mains. Entre les pages dispersées sur le parquet, je vis deux feuilles colorées qui s'apparentaient à un flyer de boîte de nuit.

— Qu'est-ce...

— Ce sont deux invitations VIP pour le *Luxuria,* m'apprit Nathanaël. L'établissement de Chuna.

Un club libertin d'après les choix graphiques – quel cliché ! Sur l'encart, je reconnus la démone vêtue de sa tenue en cuir qui m'envoyait un clin d'œil dans une position des plus subjectives. L'inscription manuscrite « *Succombez à la tentation* » était lisible, un message qui ne laissait présager rien de bon de la part d'un être démoniaque.

Je me remis debout et jetai un regard sur mon appartement, consciente que plus rien ne serait comme avant désormais. J'affrontai enfin l'archange qui attendait ma décision, comme si sa vie reposait entièrement entre mes mains.

— Emmène-moi dans le repaire de Chuna, dis-je sans même une vibration dans la voix.

— Il s'agit d'un piège, elle s'attend exactement à ce genre de réaction, et je ne souhaite pas…

— Nathanaël, je ne te demande pas ton avis, c'est un ordre !

Sa mâchoire tressauta et son regard s'obscurcit, je ressentis même une infime secousse, pourtant, il céda.

— Bien, si tels sont tes désirs.

— Je sais que se jeter dans la gueule du loup n'est pas la stratégie du siècle et qu'elle risque d'utiliser ta plume comme moyen de pression, mais nous n'avons pas vraiment le choix si nous voulons avoir une chance de la lui reprendre.

— Ta colère gouverne ton esprit, permets-moi de te dire que cela est totalement précipité et irréfléchi. Avec l'aide de Hariel ainsi que de certains de mes hommes, nous pourrions prendre le *Luxuria* sans grande difficulté.

— Je n'en doute pas, mais les démons sont imprévisibles lorsqu'ils sont acculés, elle a certainement tout prévu et déjà envisagé cette hypothèse. Laissons-lui l'avantage, puis trouvons une faille une fois à l'intérieur.

— Rien ne saura te faire changer d'avis, pas même mon expérience d'archange ?

— Ma décision est prise, avec ou sans toi, je me rendrai au *Luxuria*. Après une soirée des plus sérieuses, un peu de débauche, c'est parfait pour un *after* !

— Tu fais une grosse erreur. Allons-y avant que je fasse preuve d'insubordination, grogna-t-il en me faisant basculer dans ses bras.

— Même si j'adore voler, il va vraiment falloir que nous trouvions un autre type de transport, ce n'est pas l'idéal.

Nous sortîmes par la porte-fenêtre, dont les morceaux éparpillés s'élevèrent dans les airs afin de reconstituer la vitre brisée. D'un battement d'ailes, il nous propulsa vers les cieux, naviguant à haute altitude grâce à son pouvoir qui formait une bulle protectrice autour de nous. J'en profitai pour appeler Estelle et m'enquérir de son état, même si Nathanaël m'assurait que Hariel l'avait déposée chez elle après la fuite des deux démons.

Plutôt qu'admirer les lumières filantes de la capitale, je fis le vide dans mon esprit, en quête de ma déesse qui m'attendait de pied ferme. D'un accord commun, nous conclûmes qu'elle devait rester cachée et ne se montrer sous aucun prétexte. Je savais que cela m'était impossible ; malgré la satiété offerte par les longues séances de sexe avec l'archange, je ne pouvais pas résister à l'appel de la concupiscence. D'autant plus que l'objet de mes fantasmes serait à mes côtés, dans un établissement baigné par les phéromones aphrodisiaques dégagées par les démons. Cette virée allait être éprouvante.

Nous nous posâmes à l'abri des regards, derrière un entrepôt d'une zone d'activité. Une fois sur pied, nous nous dirigeâmes sans un mot vers un bâtiment dont l'enseigne aux néons rouges annonçait le *Luxuria*. Quelques clients fumaient une cigarette sur le parking, des humains et des incubes, d'après leur aura. Une belle brune riait aux éclats pendant que son compagnon détaillait les charmes de l'homme se tenant devant lui.

Nathanaël dissimula ses deux paires d'ailes alors que nous quittions l'ombre rassurante de la nuit. Cela lui donnait un côté plus réel, voire accessible, malgré le fait qu'il dégageait une puissance qui ne pouvait pas laisser indifférent. D'ailleurs, la brune ne put s'empêcher de le suivre du regard quand nous passâmes à leur hauteur. D'un claquement de doigts, il avait noué ses cheveux et opté pour un jeans noir huilé semblable à l'aspect du cuir ainsi qu'une chemise rappelant la couleur de ma combinaison. Arg, comment allais-je faire pour contenir mes pulsions avec cet archange beau à se damner ? *Pense à un truc répugnant.*

Il toisa avec mépris les deux gorilles lorsque je leur remis les deux invitations et qu'ils m'adressèrent un sourire pervers qui me fit frémir. Nous pénétrâmes dans l'antre du mal, mon péché le plus inavouable, la faiblesse de mon âme. Le parfum sucré de la luxure m'enivra immédiatement. Des images érotiques naquirent dans mon esprit, alimentées par tous ces corps découverts et entremêlés dans des alcôves aux lueurs tamisées.

La main de Nathanaël trouva le chemin de mes reins, et l'ange m'attira contre lui dans un geste possessif. J'aurais aimé qu'il me chuchote à l'oreille ses fantasmes d'une voix suave, mais il paraissait insensible aux activités lubriques des clients.

— Tu dois te contrôler, nous ne sommes que des proies en ces lieux, le moindre faux pas peut révéler ta véritable nature.

— Ne t'inquiète pas, je ne vais pas sauter sur le premier mâle qui m'offrira un verre.

— Si l'envie t'en prend, je compte bien ne laisser personne d'autre que moi te sauter.

Quelle classe, Nathanaël ! Bon, en fait, l'archange était lui aussi sensible au chant des sirènes. Une bonne chose à savoir.

— Debbie, dit-il en saisissant mon menton pour capter mon regard. Je voulais te dire que tu n'as pas à te punir ou à te sacrifier pour la perte de cette plume. Tu n'es pas responsable, même si tu penses le contraire. Tu ne connaissais pas ses pouvoirs. De mémoire d'archange, jamais le Conseil n'a guidé un déchu vers une fille d'ange.

— C'est une sorte d'épreuve ?

— Possible. Nous pouvons encore faire marche arrière, ta vie est bien plus précieuse que la mienne. Ma rémige n'apportera rien à Chuna, je t'appartiens, elle ne peut défaire ce qui a été fait et, même si elle en avait les capacités, je m'y opposerais.

— Maintenant que nous sommes là, je ne repartirai pas sans elle. Sinon, tu ne pourras pas regagner le paradis et tu resteras bloqué entre deux mondes !

Les orifices entièrement noirs de ses yeux scintillèrent de mille feux, des paillettes dorées illuminèrent son regard.

— Si je regagne mon auréole, notre lien d'union se brisera, tu en es consciente ?

Non, mais je m'en doutais.

— Je sais, mais ta place est auprès des tiens, répondis-je.

Mon cœur se serra à cette idée.

— Hariel compte sur toi pour guider les Traqueurs et une certaine Lily attend ton retour depuis ta chute.

Ses iris redevinrent noirs à l'évocation de celle dont le message était conservé dans les archives de son téléphone.

— Tu as raison, je ne suis pas un ange gardien, mais un archange. Il est temps que je m'en souvienne.

Ses doigts laissèrent une empreinte glacée sur ma peau quand il les ôta pour m'entraîner dans le fond de la salle. Contre toute attente, le *Luxuria* était un établissement très bien maintenu, qui mettait un point d'honneur à s'assurer du confort de ses clients. Même si la fréquentation se révélait davantage démoniaque qu'humaine, je ne voyais aucun déboire digne des créatures de l'enfer. Du moins, en surface ; je supposais que les ambiances changeaient selon l'escalier que l'on empruntait : l'un descendait dans les profondeurs pendant que l'autre grimpait vers les cieux.

Nous ne choisîmes aucun des deux, optant pour l'arrière-salle, où un show attirait de nombreux voyeurs. Sur la scène, un homme subissait les douces tortures d'un démon maniant le fouet avec une grande dextérité. La peau marquée du *Luxio* témoignait de nombreuses heures de cette pratique qu'il appréciait particulièrement et faisait naître un sourire sur les lèvres de son amant. Instinctivement, je me rapprochai de Nathanaël quand je reconnus Gueule-d'Ange, et l'archange resserra la pression de sa main posée sur ma hanche.

Un visage marqué par une cicatrice grossière m'arracha à cette contemplation dérangeante. Ruth adressa un signe de tête au déchu avant de m'offrir un regard *très* appuyé, où luisait un sentiment que je ne parvenais pas à déchiffrer.

— Chuna s'impatiente, nous indiqua-t-il.

D'un geste de la main, il nous invita à le suivre. Entourée de l'ange et du démon, je fus escortée presque trop lentement alors que la maîtresse des lieux semblait prompte à nous recevoir. J'observai Ruth à la dérobée et croisai ses iris grenat, tout aussi insondables que quelques minutes plus tôt. Nos lèvres s'ouvrirent, nous expirâmes un mélange de mots, bribes d'excuses et de reproches incompréhensibles.

— Comment peux-tu être assez stupide pour venir livrer ton âme à une démone ? cracha-t-il.

— Si tu as touché à un cheveu de ma meilleure amie... je ne me contenterai pas de te briser les couilles, je te les arracherai !

— Une *Luxia*, comment ai-je pu être aussi con ? Ta lumière m'était familière, sans même l'avoir rencontrée, je la connaissais. J'ai pris le risque de te laisser intentionnellement jouer avec mes faiblesses pour t'aider à t'évader, mais tu viens en redemander !

— Je suis là pour récupérer un objet que ta pétasse de maîtresse m'a dérobé.

— J'ai essayé de te prévenir tout à l'heure et de créer une diversion en déclenchant l'alarme incendie, mais ta copine m'est tombée dessus dans les cuisines. J'ai veillé à ce qu'elle s'en sorte sans une égratignure, alors garde tes mains loin de mes bourses, tu seras mignonne.

— Quel genre de démon protège des humains ? Ne t'avise plus de l'approcher. Si j'apprends que tu l'as pervertie, tu auras affaire à moi !

— La bonne blague. Si *elle*, elle est humaine, alors je suis un putain d'emplumé ! Son âme est déjà irrécupérable, tu peux me croire. Et je t'ai protégée, toi, la fille d'un ange, alors pourquoi pas une humaine ?

Je fronçai les sourcils. Ce sous-entendu ne me plaisait pas. Qu'avait-il vu dans l'aura d'Estelle qui m'avait échappé ? Il soupira en constatant ma mine perplexe, il remonta son tee-shirt et dévoila ses flancs présentant des blessures fraîches, puis m'exposa son dos dépourvu du reste des membres que j'avais aperçus à notre première rencontre. Il paraissait soudainement fatigué ainsi que vulnérable, je remarquai même qu'il boitait. Le jeune démon n'était pas au meilleur de sa forme.

— En tout cas, ta pipe valait bien les trois jours de torture que...

Il n'eut pas le loisir de terminer, son crâne s'enfonça dans le mur sous l'impact du poing de l'archange. J'ignorais ce qui me choquait le plus : la réaction de Nathanaël ou de savoir que le démon avait été torturé par ma faute. Le déchu empoigna Ruth à la gorge avec la ferme intention de lui faire rendre son dernier souffle, mais il se contenta de lui murmurer quelque chose à l'oreille puis de le relâcher.

— Dire que tu es au service d'une humaine, ricana une femme que je devinais être Chuna. Tu gâches tes talents, archange.

Chapitre onze

Je pivotai afin de faire face à la démone qui s'amusait à effleurer ses lèvres avec l'extrémité de la plume de l'ange. *La garce.* Nathanaël se plaça derrière moi, l'un de ses bras autour de ma taille pendant que de l'énergie crépitait dans son autre main. Le pauvre Ruth se remit sur pied et rejoignit sa maîtresse, le regard vissé sur ses chaussures en toile.

— Quel plaisir de vous recevoir au *Luxuria*, dit Chuna avec un sourire lubrique. Un brin d'exotisme plaira assurément à ma clientèle.

D'une démarche féline, la démone s'approcha. Le claquement de ses talons résonnait jusque dans ma poitrine. Elle tourna autour de nous, observa avec intérêt mon compagnon, puis m'adressa un regard dédaigneux.

— Tu peux la lâcher, elle ne peut pas s'envoler, tu le sais bien.

Par esprit de contradiction, il imprima son torse contre mon dos et renforça son étreinte. D'un signe de tête, la démone nous intima de la suivre jusqu'au carré VIP, un coin de la salle séparé par des rideaux de perles, mais visible de tous. Deux succubes se divertissaient avec un humain sur l'un des divans en velours rouge. Je m'installai à la seconde table, juste à côté de cette scène très sensuelle, avec une vue imprenable sur le membre de l'homme s'enfonçant au rythme désiré par la démone installée sur lui à califourchon.

Chuna prit place en face de nous puis un serveur apporta une bouteille de champagne au prix extravagant, mais je trempai à peine mes lèvres après l'accord tacite de l'archange. J'étais attirée par les gémissements s'élevant et je remerciai silencieusement Ruth de me couper la vue en s'asseyant à ma gauche – dommage que mon imagination tournait à plein régime.

— Humaine, pourquoi ne viendrais-tu pas plutôt ici ? demanda la démone en tapotant l'espace vide.

— Bon, écoutez, nous ne sommes pas là pour jouer, m'énervai-je.

— Ah oui ? Pourquoi pas ?

— Ma maîtresse est la seule à être en mesure d'exploiter les pouvoirs de cette plume, tu ne peux pas l'utiliser contre nous, la mit en garde Nathanaël alors qu'elle la faisait tourner entre ses doigts.

Elle lui jeta un coup d'œil assassin avant de lui offrir un sourire machiavélique quand les bougies posées sur la table s'allumèrent et que la plume frôla l'une des flammes. J'en oubliai de respirer, même le déchu s'immobilisa. Mes craintes se révélaient véridiques, elle pouvait brûler la plume dans un battement de cils.

— Certes, je ne peux pas te récupérer contre sa volonté, mais si vous refusez de m'obéir, alors je ferai de toi un condamné. Tu ne pourras plus jamais rejoindre le paradis ou l'enfer. Tu seras éternellement lié à cette pitoyable humaine. Tu as goûté au sang de mortels, je doute que tu sois capable d'atteindre la rédemption par ta simple volonté.

Oh putain... je regrettais d'avoir foncé tête baissée sans écouter les conseils de Nathanaël.

— Maintenant, viens là, tonna sa voix.

Je me pliai à sa volonté sans aucune résistance, mais la peur me retournait l'estomac.

Raide comme un piquet, je me mis le plus loin possible de la démone qui me contraignit à venir près d'elle, jusqu'à ce que nos corps se touchent. Je cherchai le regard de l'archange lorsque sa main effleura la peau nue de mon dos. Heureusement que je portais une combinaison très couvrante, cela ralentirait son exploration un moment.

— J'aimerais vous proposer un marché où chacun devrait trouver son compte. Mais avant, je souhaiterais vérifier une théorie... On dit que les déchus sont sensibles aux désirs de leur maître et qu'ils sont capables de s'adapter pour leur offrir un plaisir sans demi-mesure.

— Je préférerais d'abord connaître les termes de ce marché.

— Dans cette maison, c'est moi qui fixe les règles, et je vais commencer par m'amuser avec ta misérable vie.

L'archange frappa du poing sur la table, ses lèvres dévoilant des crocs acérés.

— Brûle cette maudite plume, Chuna, qu'on en finisse !

— Non ! m'écriai-je, puis je lui dis droit dans les yeux : c'est d'accord, je serai votre cobaye pour tester vos stupides délires, mais, en échange, vous m'exposerez les clauses de ce fameux contrat qui nous ravira toutes les deux.

— Voilà qui est raisonnable. J'accepte.

Elle caressa ma joue et je sentis une douce chaleur se propager dans mes veines.

— Je sais ce que tu es, fille de Gaël, chuchota-t-elle à mon oreille.

Sous mes pieds, le sol tremblait et les flûtes en cristal répandirent leur contenu sur la table, qui se fissura en deux. D'un bond, l'archange attrapa le poignet de Chuna, un craquement d'os retentit ainsi qu'un hurlement décharné, puis ce fut le chaos. Les deux démones présentes dans le carré VIP délaissèrent l'humain et se jetèrent sur Nathanaël, qui avait revêtu son armure. Ruth s'extirpa du canapé, me saisit par les épaules et me jeta contre le carrelage. Il dégaina alors une épée sortie de nulle part puis posa un pied sur ma poitrine afin de me clouer au sol.

— Ruth, couinai-je, la pointe de sa lame sur ma gorge.

— Elle est à moi, dit soudain Gueule-d'Ange qui avait rejoint le combat, deux cimeterres dans les mains.

— Ne compte pas là-dessus ! Je vais apprendre à cette putain qu'on ne se fout pas de la gueule d'un Faucheur.

Apporte ton soutien à Chuna au lieu de me regarder, aboya-t-il, tandis que le démon filait la queue entre les jambes.

Sa main plongea dans mes cheveux et m'obligea à me remettre debout malgré la douleur qui faisait larmoyer mes yeux. Il me poussa en dehors du salon, sa lame écorchant mon dos alors que je chancelais.

— Cette fois-ci, tu ne pourras pas retirer tes liens, je vais regarder ton âme se briser encore et encore, susurra-t-il avec un sourire mauvais.

S'il pensait que j'allais accepter ce funeste dessein sans me battre, il rêvait ! Je fis encore quelques pas, m'éloignant de la horde de démons, et me retournai brusquement. Mon poing s'écrasa dans la paume de Ruth, qui affichait une moue narquoise puis explosa de rire.

— Trop mignonne, mon ange.

La seconde suivante, je m'encastrai dans un mur, une douleur cuisante battant entre mes tempes. Le corps massif du démon me maintenait en élévation pendant que son souffle brûlant chatouillait la nuque.

— Tiens le coup. Ils vont arriver, murmura-t-il si bas que j'entendis à peine sa phrase.

À nouveau, mes genoux flanchèrent sous sa force et je me retrouvai à quatre pattes quand il me força à avancer. J'entendis des rires s'élever, dont celui de Ruth, mais peu importait la honte, mon instinct de survie m'encourageait à me remettre sur pied. Des démons s'exprimèrent dans une langue insupportable pour mes oreilles humaines, mais mon bourreau les fit taire d'un grognement caverneux. Je remarquai alors que certains s'étaient approchés de nous sous leur forme originelle. Mes paupières se fermèrent pour me soustraire à ces visions avant de mourir de peur. Ruth enserra ma taille ; sa main faisait à présent le double, et d'immondes ailes semblables à celles de chauves-souris m'entourèrent. Tous les démons exécutèrent une courbette avant de fuir la queue entre les jambes.

— Surtout, ne me regarde pas dans les yeux, me prévint Ruth, comme si c'était le moment de laisser ma curiosité prendre les devants.

Une lueur aveuglante illumina toute la pièce.

— Nathanaël, hurlai-je alors que Ruth nous emportait à l'opposé du carré VIP.

— Rah ! Mais je suis de ton côté, Debbie !

De mon côté ? Une boule d'énergie incandescente frôla de justesse Ruth, qui l'esquiva d'un bond. Lorsque la lumière se tarit, j'aperçus rapidement le visage familier de Hariel, accompagné d'un groupe de cinq soldats angéliques, mais une lourde porte se referma et nous isola de la bataille faisant rage.

— Putain, mais tu vas m'expliquer ce qu'il se passe ?

— Ne. Me. Regarde. Pas ! dit-il alors que je relevais le nez vers son visage. Sinon, au mieux, je t'arrache les globes oculaires, au pire je fauche ton âme !

Mon Dieu, au secours !

— Tu es en sécurité, Debbie, je ne te ferai aucun mal si tu contrôles tes pulsions et que tu évites de croiser mon regard.

— Pourquoi ?

— Nous aurons cette conversation plus tard.

— POURQUOI, RUTH ? Pourquoi tu me protèges ?

Il arrêta sa course folle au travers des couloirs. Son corps était pris de spasmes, comme s'il souffrait le martyre ou luttait contre une bête féroce. Je validais cette deuxième option.

— Tu. Dois. Contrôler. Tes. Émotions. Ton désir ! Résister à l'appel de ton corps m'est déjà difficile, surtout après le contrat que tu viens de passer avec Chuna, mais l'envie de t'offrir un baiser mortel est encore pire.

Un baiser *quoi* ? Le terme Faucheur me revint à l'esprit. Pas de doute, il savait comment doucher mes ardeurs. Il inspira profondément, se calma puis se remit en route.

Les questions se bousculaient sous mon crâne, notamment en ce qui concernait le sort de l'archange, mais aussi les paroles de Ruth et sa position vis-à-vis de moi. Je ne comprenais rien. Pire, ma déesse intérieure s'était échappée de son coffre et bondissait au creux de ma poitrine, profitant de la chaleur du démon pour se réchauffer. Le silence, perturbé par le claquement des griffes proéminentes des pieds de Ruth et le bruit de ses ailes sur les parois murales, me rendait folle. Blottie dans ses bras immenses, j'avais la sensation désagréable que mon destin m'échappait et que mon monde s'écroulait.

Le Faucheur – *un faucheur me sauvait la vie !* – défonça une nouvelle porte qui débouchait sur une cour derrière le bâtiment. La nuit était déchirée par des éclairs lumineux et rougeâtres, les sortilèges des combattants s'échappaient par le toit éventré, mais un dôme autour de l'établissement préservait les humains. Sans perdre de temps, Ruth nous mena sous un porche où des inscriptions noires s'étendaient sur le béton.

— C'est un portail, m'indiqua-t-il. Des Traqueurs quadrillent le ciel, nous allons employer la bonne vieille méthode. Tu risques de perdre connaissance, ta nature angélique va assez mal supporter l'énergie démoniaque.

Les marques au sol s'animèrent et formèrent une sorte de pentagramme aux lignes semblables à de la lave en fusion. J'aperçus une carte se matérialiser devant Ruth et se scinder en deux parties, la Terre et les Enfers, je supposais. Un rideau transparent s'éleva des runes, puis je sentis mon âme claquer comme un élastique. Les ténèbres m'engloutirent, mes poumons se vidèrent de tout air, et mon cœur cessa son battement incessant. Le temps s'étira éternellement lorsque le néant fut ma nouvelle demeure. Avais-je donné ma confiance au Faucheur sans deviner ses viles intentions ?

Je sombrai dans les abysses, impuissante face à la noirceur, mais une faible lueur persistait à scintiller au loin. J'essayai de la saisir, m'y accrochai avec l'infime espoir de refaire surface. Quand mes doigts la touchèrent enfin, une explosion d'images défila dans mon esprit, puis des flammes léchèrent ma main et remontèrent, dans une atroce douleur, le long de mes bras. Le feu me consumait alors qu'une épée à la lame bleutée sortait de mon abdomen. Horrifiée, je regardais le sang d'une étrange teinte violacée imbiber les vêtements trop chics pour m'appartenir. Mes genoux flanchèrent lorsqu'une souffrance insupportable me déchira le dos au niveau des omoplates. Je hurlai. Mes cordes vocales se déchirèrent. J'avais si mal que mon âme éclata en mille morceaux. Devant mes yeux, des plumes enflammées terminèrent leur course et formèrent un tapis incandescent.

Mes ailes... On m'a arraché les ailes !

Ces destins entremêlés ne m'appartenaient pas, pourtant ils devenaient miens lorsque l'avenir se dessinait pendant mes absences. Les joies et les peines de ces êtres remplaçaient celles que je ressentais, ma vie s'effaçait pour en embrasser une autre et mon esprit enregistrait le moindre détail afin de les conserver avec fidélité. Jamais mes visions n'avaient été aussi violentes et funestes.

Je fus soudainement enchaînée à un lit d'hôpital ; un homme me tenait la main en me suppliant de ne pas l'abandonner pendant que deux anges m'aidaient à mettre au monde un enfant. Le bébé ne cria pas, il ne s'éveillerait jamais, et mon cœur ne le supporta pas. Quelle vision cruelle. Les larmes de Nathanaël roulaient sur mes joues, ses lèvres se pressaient contre les miennes, mais je n'avais plus la force.

— Tu dois te battre, je t'en supplie, bats-toi !

J'ai si froid...

— C'est bien, continue, ma belle.

Je me noyais, des litres de liquide visqueux encombraient mes poumons.

Au secours !

Un filet d'air s'engouffra entre mes lèvres, la glace autour de mon cœur fondit enfin, et la lumière perça l'épais brouillard.

— Encore un effort, tu t'en sors très bien.

Cette voix... cette... voix... *parle-moi encore.*

— Voilà, c'est ça, reviens. Tu es sur le bon chemin, petit ange.

Toi ! Je ne suis pas un « petit ange ».

— Mmh... On dirait qu'elle s'énerve quand c'est toi qui l'appelles, dit la fille dont je refusais de reconnaître l'identité.

— Normal, je n'ai pas été très tendre avec elle. C'est un peu de ma faute si elle est dans cet état-là. Hey ! Tu crois que j'avais vraiment le choix ?

— Ruth ? tentai-je, mais aucun son ne sortit de ma bouche.

— Je t'ai demandé de faire attention à elle ! Et tu fais quoi ? Oh, rien de bien méchant, juste la traversée d'un portail démoniaque ! Une demi-ange qui passe dans le royaume de Satan, ça ne choque que moi ?

— Ruth ? rappelai-je tandis qu'un gémissement plaintif résonnait enfin à mes oreilles.

— Oh ! Debbie ! Prends ton temps, ne te précipite pas, ton âme n'a pas apprécié le trajet.

— Ruth ?

— Oui, oui, je suis là. Je ne te lâche pas, tu sens la pression sur ta main ?

— Ruth ?

— Euh... oui. Je crois que son cerveau a vrillé.

— Ruth ? Ruth, tu te chamailles avec ma meilleure amie, Estelle ?

— Ah ! euh... alors... comment t'expliquer...

— Je suis la sœur jumelle de ce bougre, balança la blonde, telle une bombe nucléaire puissance apocalyptique.

L'électrochoc fut si fort que mes paupières s'ouvrirent et mon corps se redressa, surprenant les deux être penchés au-dessus de mon visage. Je tins la position quelques secondes avant de retomber en arrière, des étoiles dans mon champ de vision. *Vais-je me réveiller un jour de ce cauchemar ?*

— Désolée, Debbie, j'aurais aimé que tu l'apprennes dans d'autres circonstances.

— Des Faucheurs, murmurai-je en me souvenant de l'épisode du *Luxuria*.

— Oui, Ruth et moi sommes deux serviteurs de la Mort.

Il me fallut de longues et interminables secondes pour encaisser la nouvelle. Estelle était une créature surnaturelle. Une Faucheuse. J'étais passé totalement à côté !

— Comment ça marche ? Vous êtes capables de ressentir la fin chez les humains et de collecter leurs âmes ?

— Mon fameux instinct, tu sais...

— Ça explique beaucoup de choses, mais pas pourquoi vous vous entêtez à veiller sur moi. C'est parce que je suis la dernière nephilim femelle sur Terre ?

— Tu te trompes, ça n'a rien à voir. Tu es mon amie, Debbie. Notre rencontre est le fruit du hasard, j'ignorais tout de ta nature profonde avant que tu me révèles ton secret. Je t'assure. Quant à Ruth, il est la seule famille qui me reste, mon jumeau. Les Faucheurs fonctionnent toujours par deux, l'un œuvre pour le mal alors que l'autre s'occupe des âmes destinées au paradis.

— Tu me le cachais depuis tout ce temps...

— Les gens ont tendance à paniquer quand ils apprennent que nous pouvons les faire trépasser d'un simple bisou. Et puis, tout comme toi, nous sommes une espèce rare, puisque la Grande Faucheuse est la seule à pouvoir nous engendrer. Tu as toute ma confiance, mais je me méfie de ton entourage, ton père pour commencer, et l'archange...

Ruth toussota comme s'il s'étouffait avant de se tourner vers sa sœur :

— À ce propos, le déchu est au courant, il l'a compris lors de l'attaque de la fête de fin d'année. Ton esprit était inaccessible, il s'est douté que tu n'étais pas aussi humaine que tu en avais l'air. Bon, il se pourrait que je l'aie un peu conforté dans son idée quand Debbie a menacé de s'en prendre à mes bijoux de famille.

— Génial ! Pour une fois que nous avions réussi à construire un semblant de vie normale.

Il prit Estelle par les épaules et l'étreignit avec une grande tendresse. Même l'un à côté de l'autre, rien ne laissait penser qu'ils étaient jumeaux tant leurs faciès différaient. Ils partageaient cependant le même regard vert ainsi que des mimiques que j'adorais voir sur le visage de mon amie.

— On trouvera une solution, en attendant, nous avons un autre problème à régler. Debbie a passé un pacte avec Chuna.

— Quoi ? hurla Estelle en se dégageant des bras de son frère.

— Sans oublier les visions morbides que je viens d'avoir avant de retrouver mes esprits... D'ailleurs, je ne me souviens pas d'avoir accepté un quelconque marché avec ta maîtresse. Elle devait justement me proposer un contrat en échange de... Oh...

Mince. J'ai pactisé avec la démone. J'ai accepté ce marché stupide – et franchement nul. Nous avions accepté toutes les deux, scellant ainsi la condition pour obtenir un contrat de sa part. Le processus était enclenché, à moitié rédigé. Je m'étais fait piéger *!* Elle savait ce que je convoitais, la plume, mais j'ignorais toujours ses prétentions. Maintenant, le seul moyen de s'en défaire était d'occire la démone.

— Je me suis fait avoir comme une débutante. Quelle idiote !

— J'te le fais pas dire, ricana Ruth avant de subir le courroux d'Estelle, qui le frappa à l'épaule.

— Qu'est-ce qu'elle désirait déjà ? Savoir si le déchu ressentait mes envies et répondait en conséquence ?

— Quelque chose comme ça, ta chaleur corporelle a légèrement augmenté et tu dégages un parfum sucré assez irrésistible. Si je m'écoutais, j'enlèverais tes vêtements et je lécherais chaque centimètre de ta peau. Mais, revenons au sujet de base. Vos destins m'apparaissent flous depuis que le contrat a été signé, comme si le tracé hésitait. Ta ligne de destin doit être en attente, le temps que tu remplisses ta part et Chuna la sienne. Tu vois ça aussi, Estelle ?

— Raah, c'est la première fois que je ne vois rien du tout ! J'ai toujours rêvé de connaître ce que ça faisait de ne pas savoir quand viendrait l'heure d'une personne que j'aime, mais ça m'angoisse. Je ne vais pas en dormir de la nuit !

Je posai ma main sur celle de la jeune femme et nos regards se croisèrent. Un sourire naquit sur ses lèvres, je ne détournai pas le visage. Inutile de commencer aujourd'hui, uniquement parce qu'elle avait la capacité de m'ôter la vie.

— Même si le fait que tu sois une Faucheuse m'effraye un peu, tu restes ma Tetelle adorée. Je suis contente que nous n'ayons plus aucun secret l'une pour l'autre. Il faudra quand même te faire pardonner avec une bonne soirée entre filles.

— Moi aussi, Deb. Puisque nous en sommes aux confidences, j'ai une question à te poser : l'archange, est-ce que... tu as des sentiments pour lui ?

J'explosai de rire, la tête en arrière, pour dissimuler le trouble naissant dans ma poitrine malgré moi.

— Tu me connais suffisamment pour savoir que seul mon lien céleste m'unit à Nathanaël.

— Chut ! dit Estelle en plaquant sa main contre mes lèvres. Ne l'invoque pas, je ne suis pas prête à faire face à un ange de son calibre, même déchu.

— Son pote Hariel semble s'intéresser de bien trop près à ma petite sœur, cracha le Faucheur. S'il continue à lui tourner autour, je le bouffe !

— Je croyais que vous étiez jumeaux.

— Il est né le premier, répondit Estelle alors que le démon affichait un sourire tout fier. Bon, tu n'as pas répondu, l'archange et toi...

— Vous allez vous envoyer en l'air ou pas ? Parce que je veux bien me sacrifier si tu as besoin d'un partenaire pour remplir ta part du contrat, me taquina Ruth tout en esquivant la tape qui s'abattait sur lui. Les filles, vous causerez mecs une prochaine fois, ma maîtresse exige ma présence, ça veut dire que vos preux chevaliers ne vont pas tarder à arriver.

La chaleur du démon me quitta lorsqu'il relâcha ma main, qu'il tenait toujours jusque-là, et je dus me faire violence afin de ne pas la rattraper. J'avais froid, mais mon sang bouillait dans mes veines, cela me rappelait les premières heures de la Révélation. Un vrai calvaire.

— Fais attention à toi, dit Ruth en déposant un baiser sur le front d'Estelle. Hey, petite sœur, ne t'inquiète pas... je préfère largement les tourments que m'inflige Chuna aux foudres célestes. Ça va juste piquer un peu, rien de méchant pour un démon !

— Sauf que tu es un Faucheur, pas un véritable démon, tu n'es pas immunisé contre la douleur.

— Je vais serrer les dents, ironisa-t-il sans grande conviction.

Il câlina la blonde qui émit un sanglot étranglé entre ses bras. Je détournai le regard, la nausée me gagna quand je compris que Ruth serait encore puni par ma faute. C'était injuste, il ne méritait pas de souffrir pour m'avoir sauvée des griffes de la démone. J'aurais dû me fier à l'archange, je me maudissais pour mon élan d'orgueil mal placé. Mais, je voulais tellement réparer mon erreur… à la place, j'en avais commis une irréparable.

Estelle le raccompagna à la porte, me laissant seule avec mes sombres pensées dans le salon servant de chambre. Autre chose s'agitait sous mon enveloppe charnelle, une émotion que je connaissais trop bien, puisqu'elle m'avait transformée en bête sauvage pendant plus d'une semaine. Ma déesse se réveillait, combattant ma part humaine afin de s'imposer en maîtresse et régir mon esprit. Je devais appeler l'ange m'ayant guidée la première fois ; même si je risquais la raclée du siècle, j'avais besoin de son aide.

— Tu es gelée, dit Estelle.

Elle replaça la couverture sur ma poitrine, telle une mère poule.

— Tu peux demander à mon père de venir, s'il te plaît.

— Ton père ? Deb, tu es tombée sur la tête !

— Convoque mon père, répétai-je. Ça ne va pas, ça ne va pas du tout.

— OK, je vais chercher mon portable.

— NON ! Ne me lâche pas, suppliai-je en écrasant ses doigts entre les miens.

— Debbie, qu'est-ce qui se passe ?

— Touche-moi, je t'en supplie, il faut que tu me touches. Je crois que je fais une crise de manque, je n'arrive pas à contrôler ma nephilim. J'ai l'impression d'être à nouveau en pleine Révélation !

Chapitre douze

Fausse alerte.

Cette traîtresse de déesse s'était fait la malle avec ma libido dès que mon paternel avait franchi la porte du studio. Plus une once d'envie, c'était radical et efficace, comme médicament. Je crus qu'il allait m'expédier en enfer sans billet retour, mais il se jeta à mon chevet lorsqu'il avisa l'état de mon âme. Il ne remarqua même pas la présence des deux Traqueurs adossés à l'un des murs du salon, c'était dire combien cela l'affectait.

À quelques minutes d'intervalle, les célestes s'étaient posés au pied de l'immeuble, les mines soulagées de l'archange et de Hariel n'avaient pas été feintes. Nathanaël m'avait examinée sous toutes les coutures, puis embrassée tendrement à plusieurs reprises avant qu'Estelle ne nous rappelle à l'ordre. Le déchu avait pris ses distances de mauvaise grâce. En revanche, il avait changé d'attitude en apprenant l'arrivée imminente de mon père. Même son bras droit, Hariel, avait perdu son sourire moqueur.

— Ma chérie, trembla la voix de mon géniteur quand il se pencha afin de me caresser le front. Que t'est-il arrivé ?

— C'est une longue histoire...

— J'ai l'éternité, explique-moi, tu sais que tu peux tout me dire.

Je ne savais même pas par où commencer, les questions refaisaient aussi surface, tous ces non-dits me pesaient sur la conscience et le cœur. J'enfonçai ma tête dans l'oreiller, les mots me manquaient sous son regard pareil à un ciel d'été orageux. Après une grande inspiration, je laissai filtrer :

— Pap's, je te demande pardon.

— Ma puce, faut-il encore que je sache pour quelles raisons.

Je fermai les paupières et inspirai profondément avant de braquer mon attention sur l'archange déchu, dont le visage souffrait encore de nombreuses contusions en voie de guérison. Il affichait un air grave.

Mon père eut un mouvement de recul en apercevant enfin les deux anges, puis se plaça devant eux comme s'il essayait de m'en protéger. Estelle vint à mes côtés, elle ne comptait pas s'interposer en cas de problème, et je partageais son instinct de survie. Tous trois déplièrent légèrement leurs ailes, le salon déjà minuscule de l'appartement se rapetissa. Je n'osais même pas bouger ni respirer, et ma meilleure amie n'en menait pas large non plus – elle jouait parfaitement l'humaine perturbée, à moins qu'elle ne simule pas.

— Je crois que beau-papa n'apprécie pas son nouveau gendre, plaisanta Hariel, bien qu'aucune trace d'humour ne perce ses traits menaçants.

Mon père dut esquisser l'ombre d'un mouvement – sans doute lever le petit doigt – car les armes angéliques se matérialisèrent entre leurs mains.

— Un déchu, s'énerva Gaël, la contrariété abîmant sa beauté habituelle. Tu m'as dit qu'il s'agissait d'un rêve, Debbie.

— Je te promets que c'en était un jusqu'à ce qu'il débarque au *Luxuria*, où une démone me mâchouillait avec ses crocs comme un vampire !

— J'imagine que vous êtes liés ? Attends, que viens-tu de dire ? Le *Luxuria* ? Une démone !

Il semblait au bord de l'évanouissement. À sa demande, je lui racontai les derniers jours, sans omettre le moindre détail – sauf les nuits d'ivresse entre les mains expertes de l'archange ainsi que l'épisode de la plume. Hariel éclaircit les zones sombres de mon récit décousu, et nous brodâmes ensemble une histoire assez fidèle à la réalité. J'ignorais pourquoi, mais une petite voix me soufflait de ne pas tout dévoiler à mon père et de préserver Nathanaël de la droiture des anges. La position de Pap's était très claire concernant les expulsés du paradis : un bon déchu devait brûler en enfer, sans ses précieuses ailes !

— Vous ! rugit mon père en faisant de nouveau face à l'archange. Vous avez jeté ma fille en pâture à une démone ! Qu'aviez-vous en tête pour vous unir à elle ?

— Si peu de reconnaissance pour avoir défendu la vie de ta progéniture pendant que tu batifolais avec son humaine de mère ? On pourrait aussi parler de ta décision de dissimuler son existence aux yeux des nôtres et de la priver de la protection d'un gardien expérimenté. Une pure folie. À ta place, je remercierais le ciel de m'avoir confié ta fille.

— Vous ne méritez plus votre place au paradis, archange. Je vous interdis de considérer votre liaison comme un cadeau du ciel.

— C'est à elle d'en décider, pas à toi, gronda Nathanaël.

— Vous êtes un déchu, je ne vous laisserai pas mettre le chaos dans sa vie. Ne vous avisez plus de poser ne serait-ce que le regard sur mon enfant.

— Oh, il est préférable qu'un autre mâle salisse son âme, c'est ça ?

— Alex ne vous laissera pas la prendre...

— Alexandriel devrait davantage s'inquiéter de son principal rival, qui sera beaucoup moins clément que moi s'il apprend l'existence d'une femelle cachée ! Et Alexandriel va cesser immédiatement de fantasmer à l'idée qu'elle devienne sienne s'il veut espérer être en mesure de se reproduire un jour.

L'animosité de Nathanaël était si forte qu'elle éveilla ma propre colère. D'où mon père se permettait-il de me donner à un homme – que j'appréciais beaucoup, mais qui ne faisait pas battre mon cœur – sans même tenir compte de mes sentiments ? Et pourquoi n'avais-je jamais entendu parler de ce fameux rival, un autre membre de mon espèce ? Je devais couper le cordon et m'affranchir de son autorité. *Merde* ! J'approchais de mes vingt-six ans ! Il n'était pas mon

Dieu, je refusais le rôle de fille parfaite, je voulais voler de mes propres ailes !

— Papa, pourquoi tu ne m'as jamais dit que j'étais la dernière nephilim encore en vie ?

Je le vis blêmir, ses lèvres s'ouvrirent et se refermèrent à plusieurs reprises. Nathanaël jubilait, un sourire suffisant s'imprima sur son visage. Il acheva l'ange d'un coup de poignard qui me blessa tout autant :

— À quel moment allais-tu lui avouer ce qui l'attendait réellement une fois devenue fertile ? Lui as-tu expliqué que son quotidien se réduirait à une chambre d'hôpital au Jardin d'Éden, enchaînée et condamnée à enfanter puis donner naissance à une ribambelle de bébés en espérant que la réincarnation de l'un des anges de l'apocalypse soit dans le lot ? Enfin... si son cœur le supporte et ne lâche pas, car s'il s'avère qu'elle porte un cavalier, elle périra de sa malédiction... Je me demande ce que réserve Pestilence ou encore Famine, pas toi ? Autrement, dans le cas contraire, tous ses fils et filles mourront.

Quoi ? J'étais sous le choc. Hariel ne m'avait pas révélé toute l'histoire ! Mes oreilles bourdonnaient, ma vue se troublait et mon sang quittait mon visage. La vision me revint à l'esprit. Violente. Mortelle. J'allais perdre un enfant. Combien allions-nous en enterrer, exactement ? Je refusais de vivre de telles tragédies. Non, non !

— Dis-moi, Gaël, comment un gardien peut-il prendre le risque de s'adonner aux plaisirs de la chair avec une humaine en sachant le destin qu'une telle alliance réserve à sa descendance ?

D'un geste rageur, j'envoyai valser la couverture, percutai Estelle de plein fouet et partis en direction de la porte. Mon père me rattrapa aussitôt, mais je retirai vivement mon bras en émettant un grognement similaire à celui d'une bête enragée.

— Ma chérie, je comptais tout te raconter, s'empressa-t-il de m'avouer. J'attendais que tu sois prête à l'entendre.

— Tu attendais...

— Même si je conçois que tu aspires à une autre idylle, Alex est un gentil garçon, il saura prendre soin de toi malgré les épreuves qui vous attendent. Je ferai tout pour que vous ne soyez pas enfermés au paradis, je te le promets.

— Oh, me voilà rassurée, ironisai-je. Ça tombe bien en plus, j'ai justement fait un rêve prémonitoire pendant lequel je crevais en accouchant d'un bébé mort-né.

— Il s'agit peut-être du cavalier de la Mort.

— Qui essaies-tu de rassurer, là ? Tu ne devrais pas donner de faux espoirs, c'est mal. Ça me blesse, Pap's ! Ces demi-vérités, ces secrets et tout le reste !

Des larmes silencieuses roulèrent sur les joues du gardien alors qu'il secouait la tête. Sa peine ne satisfaisait pas ma rancœur, je contenais mon désespoir et m'efforçais de conserver ma position de force. Si je tombais maintenant, mon père trouverait les mots, et je tenais à lui exposer ma façon de penser.

— Tu sais quoi, Pap's ? Je te remercie d'avoir tout orchestré, mais c'est sans façon. Je préfère encore me faire déchiqueter par une démone parce que son ex, archange déchu, m'a donné l'orgasme du siècle avant de pourrir mon âme, comme tu sembles le penser. Je préfère ça plutôt que de souffrir toute une vie aux côtés d'un prince charmant dont l'objectif est de me transformer en poule pondeuse.

J'étais à bout de souffle, fatiguée et blessée. Je me sentais trahie. Mes parents m'avaient élevée comme une humaine jusqu'à l'année précédente, puis m'avaient accompagnée lors de ma Révélation, et dévoilé au passage le monde céleste et infernal. Terrifiée par les changements qui s'opéraient, et trop perturbée pour remettre en question leur éducation basée sur le mensonge, je m'étais accrochée à mon père comme à une bouée de sauvetage au milieu de la mer déchaînée. Tout ceci me dégoûtait profondément à présent ; même si je ne doutais pas de son amour, la pilule ne passait pas.

— Maman est au courant ?

Un silence me répondit. Évidemment. Ce fut la goutte de trop.

— Papa, avant que les mots ne dépassent ma pensée, je vais rentrer chez moi et tu vas en faire de même. Si je ne t'appelle pas, considère que je n'ai aucune envie de vous revoir, toi et maman. Et, si je te vois survoler mon appartement ou mon lieu de travail ne serait-ce qu'une fois pendant cette période, je demanderai à Nathanaël de faire en sorte de te tenir à l'écart.

Sur ces paroles, je quittai le studio d'Estelle, sans me retourner, malgré les supplications de mon paternel, clamant mon prénom, encore et encore. Je dévalai les escaliers à toute vitesse. Il me fallait mettre le plus de distance possible entre ma déception et moi.

Ma combinaison portait les marques de la bataille contre Chuna, mais je m'en moquais, tout comme du vent glacé qui mordait ma peau. Je marchai d'un pas rapide, la tête haute, sans même l'esquisse d'une larme aux yeux.

Chapitre treize

Ma marche nocturne continua sur plusieurs mètres, jusqu'à ce que la plante de mes pieds me fasse souffrir. Je voulus héler un taxi, mais l'absence de mon sac à mon épaule m'en dissuada. Pourtant, cela ne découragea pas le chauffeur qui s'arrêta à ma hauteur.

— Bonsoir, mademoiselle, où dois-je vous déposer ?

— Je vais vous donner l'adresse, dit subitement la voix de Nathanaël derrière moi.

L'archange eut l'élégance de m'ouvrir la porte, puis de la refermer avant de contourner la voiture afin de monter à son tour. Une fois installés, la berline roula vers les quais de Seine en filant dans les rues désertes.

— Merci, murmurai-je.

Le déchu me remit mon sac et mes chaussures. Son sourire me réchauffa le cœur, mais je continuais à grelotter, mon sang semblait se changer de nouveau en cristaux. Naturellement, mon corps rechercha le contact de l'archange et ma tête se nicha sur son épaule. Pendant quelques secondes, ses muscles se contractèrent, puis il passa son bras au-dessus de ma tête et m'attira contre son torse. Je détachai la ceinture de sécurité afin de m'y blottir, ma main froide eut même l'audace de soulever son tee-shirt et de se poser sur son flanc.

Le ronronnement du moteur me berçait, il nous plongeait dans une bulle qui éclata bien trop rapidement. Nous arrivâmes à ma résidence, et Nathanaël paya la course avec une liasse de billets générée par son pouvoir, une capacité à rendre jaloux tous les accros au shopping. Nous montâmes en silence et pénétrâmes dans mon appartement toujours en désordre. Nos doigts entrelacés ne se séparèrent pas un instant, même lorsque le déchu rangea la bibliothèque.

— Tu es si froide, s'inquiéta-t-il.

Il matérialisa une couverture épaisse dans laquelle je m'enroulai en m'installant dans le canapé à ses côtés.

— J'ai pourtant l'impression de brûler de l'intérieur...

Cela me rappelait l'étrange dialogue qui avait suivi notre première rencontre.

— Mon côté angélique est en train de prendre le dessus, je n'arrive pas à le repousser, soufflai-je. Ça me fait toujours cet effet quand mes pulsions m'envahissent au point de devenir impossibles à refréner. D'abord le froid, comme si ma déesse aspirait mon énergie vitale, puis la douleur insupportable d'un monstre qui me déchire le ventre afin de s'échapper, et enfin le feu qui consume mon humanité.

— Comment puis-je les apaiser ?

— Je peux y parvenir seule. C'est pour ça que j'ai loué ce chalet pendant une semaine, je voulais apprendre à les supporter pour reprendre le contrôle. Puis, un ange tombé du ciel a fait voler en éclats ma volonté et tous mes efforts à l'aide d'un simple baiser. Et, ensuite... ça a été la délivrance. Une véritable bénédiction des Cieux.

— Et tu dis que les anges en font trop ! me taquina-t-il en roulant des yeux.

— Depuis ma Révélation, aucun homme n'avait réussi à apprivoiser ma déesse. Tu m'as comblée et rendue entière, Nath.

— Tu sais qu'aucun de mes hommes n'ose m'appeler ainsi ?

— Peut-être, mais en l'occurrence, tu es MON homme jusqu'à ce que l'on retrouve ta plume.

Il ne réagit pas, mais les étoiles dans ses iris noirs le trahirent. J'aimais tant les apercevoir, elles reflétaient ses sentiments inavoués et les dévoilaient de la plus belle des manières qu'il soit. Si le paradis me le permettait, je souhaiterais les voir étinceler une dernière fois lorsque la Faucheuse sonnera mon glas.

— Nos nuits vont me manquer si tu retournes là-haut, j'en suis devenue totalement accro !

— Ah oui ? Carrément ? m'interrogea-t-il avec un sourire espiègle.

— La preuve, j'ai été fidèle au même amant ces dernières semaines ! Moi ? Fidèle ! Un vrai miracle. Mais, ce n'est pas la seule chose qui va me manquer quand tu partiras.

Il sourcilla, et son visage se figea dans une drôle d'expression. Il paraissait gêné, soudainement intimidé ; ses doigts devinrent moites. Dans mon esprit, les traits de l'archange prirent forme et un sourire étira ses lèvres avant de m'imaginer passer mes mains derrière sa nuque. *Toi. C'est toi.*

— Je ne t'abandonnerai pas, ma déesse, même si mon auréole m'est restituée.

— C'est notre union qui parle, Nathanaël.

— Non, le lien d'assujetti m'oblige à t'obéir et à t'être loyal, mais il ne dicte pas ce que mon cœur peut ressentir.

Ce fut à mon tour d'être troublée. Je ne m'attendais pas à ces paroles, le déchu n'était pas du genre fleur bleue, il me surprenait vraiment. En même temps, j'ignorais beaucoup de choses à son sujet, je le connaissais très peu, en réalité. Je m'étais attachée à Nathanaël au point de lui allouer une place dans ma vie. Mais, je n'étais pas dupe, la lueur d'une demi-ange ne rivaliserait jamais avec la lumière d'un être céleste. Une fois ses fonctions réattribuées, il redeviendrait l'archange des Traqueurs et, le temps d'une mission de plusieurs années, mon visage se sera effacé de ses souvenirs.

Je l'observai se relever, me privant de sa précieuse chaleur, et se mettre à genoux à même le sol. Entre ses mains apparut un long écrin, qu'il m'offrit en plongeant son regard dans le mien. *Euh...* Les anges ne se mariaient pas comme les humains, mais ils possédaient une sorte de cérémonie pendant laquelle les âmes fusionnaient afin de devenir des âmes sœurs.

L'archange manqua de basculer en arrière sous mes pensées délirantes, il secoua vivement la tête et ouvrit la boîte couverte de velours rouge recueillant sa plume blanche à l'extrémité dorée. Fin du suspense.

— Oh... tu l'as récupérée, dis-je en la prenant dans ma main, sa douceur irréelle provoquant un sentiment de bien-être et de sécurité.

— Je l'aurais fait si tu me l'avais demandé avant de te jeter à corps perdu dans cette quête. Je sais que l'honneur de la lui reprendre te revenait, et je suis prêt à subir ta punition, mais cela évitera de te mettre en danger inutilement.

— Ta punition ?

— Tout ce que tu voudras, répondit-il d'une voix grave qui me fit l'effet d'une caresse érotique.

— Mmmh... dans ce cas, tiens, tu vas me faire le plaisir de t'envoler pour le paradis.

Je me débarrassai de la plume, comme si elle m'avait brûlée, lui collant brutalement entre les mains. Une promesse était une promesse. Ça, c'était la version officielle que je me répétais en boucle. La véritable raison de mon empressement était tout autre. J'avais toujours ce problème d'hormones à gérer et, si on s'envoyait en l'air, je craignais d'être incapable de me priver de lui. Il valait mieux arracher le pansement d'un coup.

Il resta de marbre, son regard toujours braqué sur moi. Une éternité s'écoula avant qu'il ne se lève et disparaisse de mon champ de vision. Pas même un « merci » ou un « adieu ». *Non*, ça rendrait les choses plus douloureuses encore. Putain, ma déesse devint totalement folle ! Elle poignarda mon cœur, la garce ! Elle le voulait tant, cet archange. *Je le veux tellement.*

Je sentis soudain un goût salé sur mes lèvres. La brûlure d'un baiser fit redoubler mes larmes. Je m'accrochai au cou de l'archange, qui me serra contre lui avec la même force.

Mon rythme cardiaque augmenta quand la langue jouant avec la mienne devint une torture. Je fis appel à toute la volonté dont j'étais capable afin de repousser le déchu. Haletante, le monde vacillait, comme si le verre de trop me faisait tourner la tête et embrumait mon esprit. Au travers de l'étroite fente de mes paupières, je dévorais l'objet de tous mes fantasmes dont le sourire me donnait envie de lui mordre sauvagement la lèvre.

— Va. Allez !

Après, ce serait trop difficile.

— Et si j'ai envie d'être insubordonné ? susurra-t-il alors que sa mâchoire se refermait sur la peau de mon cou.

Il m'offrit un baiser fougueux, me faisant ravaler mes mots et gémir quand ses doigts ôtèrent les lanières de tissu se croisant dans mon dos. Il libéra ma poitrine de son enveloppe en dentelle puis fit tourner ses doigts autour de mes tétons sans jamais les effleurer. Je saisis ses mains pour le contraindre à cesser, mais il parvint à emprisonner mes poignets dans un étau auquel je ne pouvais pas me soustraire. Il les releva derrière ma tête et, tandis qu'il les relâchait, imprima une légère pression par la volonté mentale afin de m'empêcher de le toucher. *Grrr* !

Sans pitié pour ma pauvre âme en chaleur, il tira sur les pans de ma combinaison, puis enleva la fine couche de tissu dissimulant la partie qu'il convoitait tant. Il se changea à nouveau en statue grecque, seul son regard doré parcourait mon corps, comme s'il prenait le temps de graver ses contours dans un recoin de son esprit. D'un claquement de doigts, il fit apparaître l'écrin rouge et en extirpa la rémige tout en m'adressant un sourire carnassier.

— J'ai une meilleure idée. On va utiliser cette plume de manière bien plus plaisante pour toi et moi.

L'extrémité de sa plume glissa sur mon ventre dans une exquise caresse qui m'enflamma les reins. Mon cœur rata un battement quand elle effleura mes seins, puis je grognai alors qu'elle redescendait déjà vers mon intimité. Elle laissait dans son sillage une poudre dorée sur laquelle Nathanaël souffla délicatement. Chaque grain de poussière diffusait une douce chaleur insupportable, mais ô combien excitante.

J'avais l'impression que mon bourreau touchait mon âme, je le sentais partout sous ma peau, et sa voix résonnait dans mon esprit. Je ne maîtrisais pas la langue dans laquelle il s'exprimait, mon cerveau humain ne parvenait pas à déchiffrer le sens de ses mots, mais mon cœur semblait l'interpréter avec justesse.

— Si j'étais encore un céleste, il me suffirait de te faire l'amour ainsi, couverte de cette poudre, et tu serais éternellement mienne aux yeux des nôtres.

Les pointes de ses ailes apparurent au-dessus de ses épaules. Les membranes duveteuses se déplièrent et se superposèrent afin de former les deux paires ornant son dos. Tout comme ses yeux noirs, le bout de ses plumes se teintait d'or, et des paillettes tombèrent sur le tapis du salon.

— Mais, je ne suis plus un ange, termina-t-il avant de fondre entre mes cuisses et de me goûter avidement.

Il lapa mon clitoris, le suçota, puis introduit deux doigts dans la fente de mon intimité, qui l'accueillit avec avidité. Il poursuivit son exploration, encouragé par mes gémissements. Il rajouta même un doigt. Je me cambrai sous l'onde de contentement qui chassa la fraîcheur m'ayant habitée pour me faire flamber.

Je tentai d'arracher les menottes invisibles qui m'enchaînaient, mais l'ange resserra sa prise avant de me punir en administrant une petite tape sur mon sexe. Je rougis aussitôt, et il ne bouda pas son plaisir en répétant son geste à plusieurs reprises jusqu'à ce que des cris s'élèvent dans l'appartement. La légère douleur stimulait mon excitation, mon corps tout entier réagissait avec excès, et je me surpris à en quémander plus lorsqu'il s'arrêta.

— Encore ! exigeai-je, l'ange se relevant afin de retirer son pantalon ainsi que son caleçon.

Je salivai presque à la vue de son membre dressé, m'imaginant le prendre à pleine bouche, mais il se remit à genoux devant moi. Il n'en avait pas terminé. Son gland frotta contre mon vagin, écartant les parois sans s'enfoncer pour autant. Pendant qu'il me mettait au supplice, mes hanches bloquées par son pouvoir, ses doigts pincèrent mes tétons. *Sacrément débridé pour un ange !* La frustration commençait à me faire perdre la tête, je désirais le sentir en moi, mais ne supporterais pas qu'il cesse ce qu'il me faisait subir. C'était si bon que je ne voulais jamais redescendre, il me fallait monter encore plus haut, jusqu'à me brûler.

— Nathanaël...

Ma nephilim brisa les chaînes qui la retenaient depuis bien trop longtemps, sa délivrance semblable à une renaissance. Le désir devint maître de mes gestes. Je m'arrachai à l'emprise de l'ange, et je perdis pied. Sur le point d'exploser en mille morceaux, j'attrapai sa chemise afin de l'attirer contre moi, au plus profond de mon être. Je plongeai mes mains dans ses cheveux ébène et capturai ses lèvres dans un baiser affamé.

— Dis-le, Debbie, murmura-t-il d'une voix gutturale.

— Je ne veux pas que tu retournes au paradis. Je veux que tu restes avec moi.

C'était tout ce que je désirais.

Chapitre quatorze

J'ignorais lequel de nous deux était pris au piège. L'archange que je tenais fermement entre mes cuisses ou mon cœur qui battait sous ses doigts. En cet instant, il semblait que nous ayons succombé à la tentation de l'interdit. Il tournait le dos au Ciel, offrant ainsi ses ailes aux mains de ses frères, et je soufflais sur la chandelle éclairant mon chemin dans les ténèbres. Pour une fois, je ne voulais pas combattre ma nature profonde mais m'allier à sa force afin de fusionner avec le déchu. J'y laisserais de nombreuses plumes, mais ce risque provoquait une dangereuse attraction contre laquelle je ne parvenais plus à lutter.

Comment une nephilim pouvait-elle exiger l'âme d'un archange ? Qui étais-je pour demander à un être céleste de tomber du ciel ?

— Si tu me veux, prends-moi, dit Nathanaël en réponse à mes interrogations silencieuses. Je souhaiterais apprendre par cœur la signification du moindre de tes soupirs, te contenter pendant de longues heures et faire naître ce sourire qui me donne envie de te contempler le restant de l'éternité. Si tu me veux, ma belle déesse, fais-moi venir en toi et laisse-moi unir nos âmes.

— Tu m'appartiens déjà, sauf si tu récupères ton auréole, dans ce cas...

— Le conseil ne tolérera jamais que je reconnaisse la dernière fille d'ange encore vivante comme compagne, mais j'ai une solution, si tu es prête à m'offrir un peu plus qu'une petite place dans ta vie. Mais peut-être que je me montre cruellement égoïste et que tu souhaites te donner à un autre que moi ?

— À condition que tu sois à mes côtés, le taquinai-je en faisant défiler des images où s'entremêlaient nos corps avec ceux de parfaits inconnus, hommes et femmes.

— Mmmh... j'essaierai de laisser ma lame à l'appartement, mais je ne peux rien promettre.

Un rire incontrôlable s'extirpa de mes lèvres, et il en profita pour m'allonger plus confortablement sur la méridienne du canapé. Ma déesse grondait, cet étalage timide de sentiments l'ennuyait, elle désirait du concret. Contrairement à mon cœur trop fier, elle savait que l'unique moyen de résister était de céder et d'accepter l'évidence qui s'imposait à nous. Oui, j'étais terrifiée à l'idée d'oser construire un lendemain avec Nathanaël, non je ne supporterais pas qu'il m'abandonne maintenant, mais je rêvais d'être touchée par sa lumière.

— Il est temps que tes péchés soient purifiés, Déchu.

— Ainsi soit-il.

Avec une infinie douceur, il plongea au creux de ma chaleur afin d'unir nos corps. Nos âmes s'effleurèrent avant de s'enlacer dans une étreinte parfaite. Son bassin effectua de lents mouvements de va-et-vient qui m'enflammèrent. Je me mordis la lèvre afin de contenir l'orgasme précoce résultant de la frustration de ses caresses indécentes, et il le prit comme un encouragement. L'une de ses mains glissa le long de mes côtes puis agrippa ma jambe droite, qu'il releva afin de s'offrir un meilleur angle et de m'imposer un rythme soutenu. Implacable, il ne me laissa aucune échappatoire, me prenant plus fort alors que de la lave en fusion déferlait dans mes veines.

Il me tint fermement, sans réduire la cadence, et m'emporta jusqu'à la jouissance, mais il continua, encore et encore. Son nom résonna dans le salon, je le suppliai de me faire redescendre, mais je n'entendis qu'un rire entrecoupé par les coups secs produits par nos corps. La pensée fugace de réveiller tout l'immeuble ne découragea pas ma déesse qui s'accrochait à ce plaisir décuplé par le baiser fougueux de l'archange. Lorsque la tension fut insoutenable, j'extériorisai un second spasme voluptueux qui me vida littéralement, et Nathanaël eut enfin pitié de moi.

Des étoiles dansaient devant mes yeux, ma respiration saccadée et les battements effrénés de mon cœur me rendaient sourde. Mais cet archange dévergondé commençait tout juste les préliminaires de notre ébat et comptait bien me faire découvrir le septième ciel. Quand il se retira et m'intima d'un geste de l'index de me tourner, j'obéis en frémissant d'excitation. Je m'appuyai sur l'assise du canapé puis frottai mes fesses contre son érection. Je gémis d'avance, anticipant l'intrusion qui comblerait le vide qu'il avait laissé et sentis mon plaisir déborder quand il s'abîma à nouveau en moi.

Ah ! Je devais avouer que j'adorais ça ! Et à en croire ses coups de reins puissants, je n'étais pas la seule ! Mais le contact de ses mains me manquait, j'aimais tellement les caresses ainsi que les légères pressions qu'il exerçait sur certains points sensibles. Alors, quand je me relevai afin de coller mon dos à sa poitrine et qu'il enserra mon cou avant de mordre mon épaule, je jouis pendant qu'il me tenait contre lui.

Le sifflement de mes tympans m'empêchait d'entendre les paroles chuchotées à mon oreille. Nathanaël s'exprimait dans le dialecte des anges. Des picotements s'étirèrent sur la peau luisante de mes reins, remontèrent le long de mon échine jusqu'à ma nuque. Je remarquai que cette douleur était provoquée par la chaleur de sa peau. Sa température corporelle semblait s'être significativement élevée, comme s'il souffrait de fièvre. La passion nous irradiait tous deux.

— Tu es si belle, murmura-t-il en léchant la marque apposée par ses dents. Je veux que ma rédemption porte ton nom, mon ange.

— Tu me reviendras, Nathanaël. J'ai encore envie de toi...

Mon cœur devint lourd dans ma poitrine. Je le sentais proche de la délivrance, je devrais l'accompagner comme j'en avais l'habitude, mais j'étais bouleversée. Je brûlais. Ensemble, nous écorchions nos ailes. Nous avions perdu, nous nous étions attachés puis accrochés, peu importait le monde, seules nos âmes enlacées comptaient.

— J'ai tellement besoin de toi, avouai-je sans retenue.

Je sentis le sexe de l'archange pulser ainsi que ses doigts s'enfoncer dans ma chair. L'entendre extérioriser sa jouissance contenue déclencha une ultime salve d'énergie bienfaitrice qui se libéra au moment où mes muscles se contractèrent pour le rejoindre. Mon corps tremblait comme une feuille quand il m'aida à m'allonger. Je n'avais pas mesuré à quel point mes forces s'étaient échappées au gré de mes orgasmes. Nathanaël resta à l'intérieur de moi, il caressait mes cheveux tout en murmurant des mots dénués de sens contre mon cou qu'il embrassait tendrement.

Quand il se retira enfin, ce fut pour m'emporter jusqu'à la chambre, où il s'allongea sur le dos afin de m'installer entre ses bras. Ses immenses ailes se refermèrent sur nous, et je me pelotonnai contre lui. L'archange dégageait toujours une chaleur significative et certaines de ses plumes me paraissaient plus ocre que dorées, mais j'étais si fatiguée que mes paupières s'abaissèrent. Les battements de cœur de Nathanaël me bercèrent, je sombrai dans un sommeil réparateur, un sourire aux lèvres.

J'eus à peine franchi la porte menant aux songes que je fus réveillée en sursaut. La température suffocante m'empêchait de dormir, mais ce qui m'avait tirée de mon repos était l'absence de l'archange. Je ne reposais plus sur lui et ses ailes ne couvraient plus mon corps dénudé. Pendant que mes yeux s'habituaient à l'obscurité, je le cherchai à tâtons sur le matelas, obligée de me rendre à l'évidence : il n'était plus là.

— Nathanaël ?

Aucune réponse, même pas un souffle ou un bruissement de plumes. Je m'en doutais, j'ignorais comment, mais je savais que quelque chose avait... changé. De la sueur ruisselait sur ma peau, un feu infernal brûlait dans mon appartement, impossible qu'il en soit autrement. Inquiète, je me levai, puis passai un jeans et le premier tee-shirt que ma main trouva. Je déboulai en trombe dans le salon, l'ange ne s'y trouvait pas.

— Nathanaël ? criai-je plus fort. Tu es là ?

Mon cœur s'arrêta de battre lorsque mon regard balaya la pièce. Des plumes noires. Partout. Des traînées de sang dessinaient un schéma ressemblant au portail ouvert par Ruth sur le parquet. *Non, Nath, tu n'as pas fait ça...* J'évitai de marcher sur la bouche des enfers et courus jusqu'à la table basse où trônait l'écrin contenant l'unique plume immaculée. *Vide.* La rémige s'était envolée avec Nathanaël.

Je ne veux pas que tu retournes au paradis.

Qu'avais-je fait ? Mon Dieu... En tant que maîtresse, par notre lien d'union, je lui avais remis sa plume et permis de remonter vers les siens. Mais... *Je ne veux pas que tu retournes au paradis. Jamais.* Je le lui avais interdit. *Oh non...* Si le paradis lui était défendu, mon désir de lui rendre la liberté énoncée, cela voulait dire qu'il ne lui restait plus que...

— Nathanaël, reviens ! C'est un ordre ! Je t'ordonne de venir ici tout de suite ! NATHANAËL !

Je tournai sur moi-même, désemparée ; l'angoisse me déchirait les entrailles. *Non, non, non* ! Dans un éclair de lucidité, je m'emparai du portable de l'archange qui traînait à côté de ses affaires au pied du canapé, puis composai le numéro de son bras droit. Le Traqueur décrocha à la deuxième sonnerie et je crus que mes nerfs allaient me lâcher :

— Hariel, comment un déchu procède pour devenir un démon ?

— Pourquoi cette...

— RÉPONDS, PUTAIN ! Comment un ange rejoint-il les enfers ?

— OK, calme-toi, Debbie.

— Je peux pas, Hariel, je peux pas !

— Écoute, tant que ses ailes ne lui ont pas été arrachées et qu'un archidémon ne l'a pas enrôlé dans sa légion, nous avons une chance de tirer Nathanaël de là.

— Tu comprends pas, c'est trop tard... Il y a un portail et... Merde ! Tout est de ma faute. MERDE !

— Debbie, ferme les yeux et concentre-toi sur ma voix. Il faut que tu gardes la tête froide, c'est capital si tu veux l'aider et, surtout, le localiser. Si tu craques, tu ne lui seras d'aucune utilité. Nathanaël peut ressentir tes émotions, dit Hariel. Plus celles-ci seront négatives, plus il s'en nourrira maintenant qu'il a choisi la déchéance plutôt que la lumière.

— Quand il parlait d'une solution pour rester à mes côtés, je n'aurais jamais imaginé qu'il penserait à ça. Je ne veux pas qu'il perde ses ailes et qu'il devienne un démon !

— Sans compter qu'il te tuerait, la bénédiction des nephilims est très addictive pour les démons. Une fois qu'ils y goûtent, ils ne sont plus capables de s'en passer. Il faut qu'on le retrouve avant qu'il ne commette l'irréparable. J'arrive dans quelques minutes.

Il mit fin à l'appel. De mon côté, je rassemblai le peu de calme qu'il me restait pour me vêtir et lui ouvrir la grande baie du salon.

— Tu sais où mène ce portail ? demanda-t-il.

— Aucune idée, il a été actionné pendant que je dormais. Je suppose que c'est l'œuvre de l'autre grognasse et du maudit pacte que j'ai passé sans même le savoir.

Quand Hariel posa ses doigts sur l'une des runes, son regard azur s'assombrit et les traits de son visage se crispèrent.

— Le *Luxuria* a été détruit sur ordre de Nathanaël, m'indiqua l'ange. Ce qui laisse une longueur d'avance à Chuna, mais nul n'est invisible aux yeux d'un Traqueur.

— Et appeler Ruth, ça ne serait pas plus simple ? Sans vouloir te froisser, je ne doute pas de tes capacités, mais nous n'avons pas vraiment le temps d'exploiter tes talents.

— Je dois reconnaître que c'est une excellente idée, faut-il encore que le démon réponde. Pendant que tu essaies de le contacter, je vais continuer à chercher une piste.

— Tu ne devrais pas plutôt demander des renforts ?

— Non, si ces hommes apprennent qu'il déchoit pour une humaine...

Il ne termina pas sa phrase, j'avais saisi le concept. Je composai le numéro d'Estelle, qui devait savoir comment joindre son jumeau. Je regrettai de l'avoir sollicité lorsque j'entendis sa réponse :

— Mon frère est en train de se faire torturer, j'entends ces hurlements dans mon esprit, même s'il m'en bloque l'accès.

— Pardon, Estelle, je suis vraiment désolée.

— Oh, ne t'en fais pas, il ne fait que s'attirer des ennuis, c'est à croire qu'il aime ça.

— Tu sais pas où il se trouve par hasard ?

— Non, je suis capable de déterminer précisément où un être mourant se situe, mais pas un vivant.

— Et un archange qui va se faire arracher les ailes ?

— Deb, tu n'es pas sérieuse ?

— Je te raconterai ça plus tard, si je ne termine pas en cerise sur le gâteau lors d'une fiesta en enfer. Je dois savoir où est Nathanaël.

— Si je le savais, tu serais la première au courant. Dis-moi, comment tu te sens ?

— Hein ? C'est pas trop le moment de...

— S'il possède encore ses ailes ou qu'il n'a pas franchi les portes du Pandémonium, alors il t'appartient toujours. Autrement, un profond sentiment d'abandon te donnerait l'impression que l'archange piétine ton cœur jusqu'à ce qu'il se brise. Mais, au son de ta voix, ça ne semble pas être le cas. Tu dois être en mesure de ressentir votre lien et donc de connaître la position exacte de Nathanaël.

— J'ai... simplement très chaud.

— Normal, il s'apprête à rôtir dans un four à plusieurs milliers de degrés à chaleur tournante. Fais un effort !

Depuis le début, je considérais Nathanaël comme un partenaire – imposé, certes – et non comme mon serviteur damné. Je m'étais tenue éloignée de ce lien surnaturel, de peur d'acquérir réellement l'âme du déchu et de refuser sa rédemption. Grossière erreur puisqu'il s'était emparé de mon cœur à la place !

— Je sais où ils sont, m'annonça subitement Hariel.

Il coupa la communication avec Estelle sans même prendre la peine d'exprimer une banale formule de politesse et me prit dans ses bras afin de s'envoler par la fenêtre.

— Un point pour l'ange ! fanfaronna-t-il alors que ses battements d'ailes frénétiques nous propulsaient dans les airs.

— Roh, ça va ! Où est-il ?

Il n'eut pas le temps de répondre à ma question, nous plongions déjà vers le sol à une vitesse vertigineuse. Je reconnus l'architecture particulière des immeubles parisiens des beaux quartiers quand nous nous posâmes en face d'une grille dont les dorures annonçaient le luxe d'un hôtel particulier. J'aperçus deux démons massifs jouer les vigiles devant les portes ainsi qu'une berline se garer dans la cour. Un couple en sortit et l'un des gorilles s'empressa d'ouvrir aux invités après s'être incliné jusqu'à toucher ses pieds.

— Soirée privée, grommela Hariel.

— J'ai pas d'invitation pour celle-ci.

— Ni la tenue, se moqua le Traqueur.

Son air sérieux me fit douter de son humour.

— Nous allons emprunter une autre entrée, plus discrète.

Il m'indiqua la ruelle bordant l'aile ouest de la bâtisse d'un signe de tête, et je le suivis en essayant d'être aussi furtive que lui. On n'entendait que mes baskets claquer sur le bitume ; l'ange se déplaçait aussi silencieusement qu'un félin. Nous longeâmes ensuite un mur en pierres de plus de trois mètres jusqu'à déboucher sur une dépendance attenante.

— Notre hôte a pris ses précautions, les jardins ainsi que toutes les issues sont gardés et un dispositif anti-ange est en place. Concrètement, une fois à l'intérieur, je ne pourrai plus utiliser mes pouvoirs sous peine de souffrir le martyre. Un léger handicap, mais rien de bien méchant, je possède d'autres ressources, ajouta-t-il devant ma mine défaite.

— Tu as un plan pour sauver le soldat Nath ?

— Nous allons nous inviter à la petite réception en l'honneur de sa chute. Hey, ce n'est pas tous les jours qu'un archange rejoint les rangs infernaux, Chuna et son ego surdimensionné doivent l'accueillir comme il se doit ! Elle attend ça depuis près de huit siècles, tu sais... Bref, tu demanderas une audience avec pour argument la réalisation de ta part du marché, tu exigeras donc la sienne dans les plus brefs délais. Surtout, prends ton temps pour négocier et mesure bien le poids de chacun de tes mots. Pendant que tu détourneras son attention, je m'occuperai de sortir Nathanaël.

— C'est très minimaliste, comme plan...

— On lit dans ton esprit avec une facilité déconcertante. Moins tu en sauras, plus nos chances seront grandes. Quoi qu'il arrive, ne prends pas de risques inutiles, ta vie reste notre priorité.

— Comme si débarquer dans la maison d'une marquise pour secourir un archange en détresse n'était pas de la pure folie.

— Ce que je voulais dire, c'était de ne pas te faire tuer, répliqua-t-il avec exaspération.

— Oh ! Si ce n'est que ça qui t'inquiète... La mort serait préférable si les choses tournaient mal, crois-moi.

— Tiens, mets ça, dit-il, me léguant la chaîne argentée qu'il portait au cou. C'est un puissant talisman, il te protégera de l'enfer et de son influence. Il me permettra aussi de te téléporter au paradis si vraiment je vois que je perds le contrôle. Fais-y attention, continua-t-il en le glissant dans mon décolleté. J'y tiens énormément, c'est un cadeau de Lily.

La fameuse Lily...

— Notre petite sœur, compléta Hariel, son regard perçant mon âme telle une flèche. Celle pour qui mon archange est tombé.

Oups ! Je me sentis un peu bête.

— Tu peux ! me sermonna le Traqueur. Liliah est la définition même du mot ange. Comme nous tous, tu l'adorerais.

Son claquement de doigts sonna la fin de nos tergiversations, et son apparence physique se modifia. Le blé de ses cheveux fut remplacé par la teinte sombre de l'encre de Chine, ses iris devinrent aussi rouges qu'un rubis et sa peau afficha quelques cicatrices grossières. Il termina cette transformation avec un pantalon et un polo noirs, qui me rappelaient le type de vêtements qu'affectionnait Nathanaël.

— T'es pas mal en démon !

Son regard s'enflamma et ses lèvres dévoilèrent des canines plus allongées. Il était visiblement contrarié, très contrarié. J'eus un mouvement de recul, mais il apaisa mes craintes à sa manière :

— Je vais tâcher de prendre cette insulte comme un compliment. À ton tour, maintenant.

Sa magie me chatouilla la peau quand une magnifique robe longue remplaça mes vêtements. Le bustier dissimulait la totalité de ma poitrine et recouvrait mes bras de fine dentelle. Une ceinture à la taille joignait le haut et le bas de cette tenue très confortable. Il m'habilla aussi d'un collant très opaque ainsi que d'un débardeur fin au cas où j'aurais besoin de me débarrasser de la robe.

Hariel me proposa son bras, que j'acceptai sans rechigner, m'appuyer contre lui m'apporta un certain courage. J'étais morte de trouille ; quand il sonna, je me fis violence afin de ne pas me dégonfler et courir à l'opposé de notre but. Un démon nous ouvrit, surpris de voir des invités frapper à la porte de service :

— Pardonnez-moi, mon seigneur, mais vous n'êtes pas...

— J'apporte un cadeau pour ma chère amie Chuna, le coupa mon compagnon avec un sourire en coin.

— Mmmh... Je peux voir vos invitations ? Pourquoi ne pas passer par l'entrée principale ? Ce n'est qu'une humaine... charmante, mais humaine.

Le ricanement mauvais qui s'extirpa des lèvres de Hariel me fit froid dans le dos.

— Voilà pourquoi certains restent des inférieurs, vociféra-t-il. Incapable de voir au-delà d'une enveloppe humaine dans laquelle coule le sang des anges.

QUOI ? Il est malade ! Et il me demandait de ne rien faire d'idiot !

Je lui pinçai le bras, mais me collai finalement contre lui lorsque le démon huma l'air et se s'approcha un peu trop près de mon visage. Son regard s'embrasa, et je crus qu'il allait se mettre à baver tout en se léchant les babines. En tout cas, la bosse proéminente au niveau de son entrejambe me donnait un aperçu de ses pensées perverses.

— Je compte sur ta discrétion, les enfants des célestes sont très convoités, il serait fâcheux qu'elle tombe entre d'autres mains que celles de ta maîtresse.

Comme hypnotisé par ma petite personne, le démon s'écarta de notre chemin et s'empressa de nous conduire jusqu'au lieu de la réception.

— Vous pouvez passer par les couloirs réservés au personnel, ils mènent au salon sud où se déroulent les festivités. Un déchu, et maintenant une nephilim ! La maîtresse va être aux anges !

— C'est le cas de le dire, ironisa Hariel, dont j'avais toujours envie de claquer la tête.

Soudain, les hurlements qui s'élevèrent entre les murs me glacèrent d'effroi. C'étaient des cris de souffrance, ils me déchirèrent les entrailles et me soulevèrent le cœur. Misère, que pouvait bien subir ce malheureux pour s'époumoner à ce point ? L'image de Nathanaël s'imprima sous mes paupières, et je fus prise de vertiges.

— Ça a déjà commencé, soufflai-je en refoulant les larmes qui perlaient à mes cils.

— Non, la déchéance de l'archange commence tout juste, la duchesse fait durer le plaisir. Il s'agit seulement du Faucheur de notre maîtresse à qui on rappelle pour quel camp il joue.

Ruth... Il s'agissait du frère d'Estelle. Il n'arrivait plus à contenir la douleur infligée, et si Hariel ne m'avait pas saisi par la nuque pour m'intimer d'effacer mes pensées sur-le-champ, je me serais jetée contre la porte derrière laquelle il était retenu. Mentalement, je demandai à l'ange de lui venir en aide dès qu'il en aurait l'occasion, et il m'adressa un signe de tête imperceptible.

— Voilà, nous y sommes, annonça l'imposant serviteur qui ne se départait plus de son sourire carnassier. J'espère que j'aurai l'honneur de te baiser et de profiter de ta bénédiction, nephilim.

Mate bien ce corps de déesse, même dans tes rêves, tu ne l'auras pas, connard !

Hariel se racla la gorge dans un grognement guttural afin de cacher son rire, puis il me poussa vers le salon.

— Ne t'en fais pas, il sombrera bientôt dans un sommeil sans rêves, chuchota l'ange à mon oreille. Maintenant, enferme toutes tes émotions et tes pulsions, nous n'avons pas le droit à l'erreur.

J'eus du mal à ravaler ma salive, garder mon calme était peine perdue. Contre toute attente, Hariel m'embrassa la joue, et une plénitude factice ordonna mes pensées, qui se focalisèrent sur l'archange.

J'avais un Traqueur pour surveiller mes arrières et une amulette m'ouvrant les portes du paradis, en théorie, tout devrait bien se passer.

En théorie.

Chapitre quinze

La petite fête battait son plein dans le salon tamisé au mobilier luxueux rappelant le style boudoir de certaines maisons. Je ne comptais que très peu d'invités, mais tous possédaient un titre de noblesse d'après les auras des démons, dont les regards dévoraient l'archange au centre de la pièce. La duchesse n'offrait pas un spectacle, comme je me l'étais imaginé, elle se contentait d'accueillir le déchu avec une certaine simplicité. Un moment presque solennel, où l'on traitait avec respect celui qui rejoignait les rangs infernaux. Il s'agissait tout de même de la déchéance d'un archange, l'un des chefs de la milice angélique à la tête d'une unité d'élite, je supposais que les démons lui réservaient une place de choix.

Nathanaël était à genoux sur un tapis épais, ses deux paires d'ailes noires dépliées au maximum dans son dos, il suivait les moindres faits et gestes de Chuna. Il paraissait déterminé, bien qu'un peu las d'attendre que son futur supérieur daigne l'envoyer en enfer. Je remarquai qu'il manquait de nombreuses plumes à ses ailes, ce constat me donna des pulsions meurtrières que je refrénai dès que la main de Hariel enserra mon poignet.

Je décidai qu'attendre davantage ne servait à rien, la vision de la duchesse qui jouait avec la plume devenait insupportable. Autant profiter de notre avantage, personne n'ayant encore découvert notre intrusion, et je craignais qu'elle ne lui arrache subitement les ailes, sans prévenir. Surtout, je ne voulais pas lui laisser le plaisir de se pavaner plus longtemps comme une reine. J'allais lui couper la tête, à cette garce !

D'un commun accord, je me séparai de Hariel et m'avançai vers l'assemblée. J'attrapai au passage une coupe de champagne sur le plateau d'une jeune servante.

— Toutes mes félicitations, Chuna, m'enthousiasmai-je en levant mon verre.

Les démons posèrent sur moi des regards amusés pour certains et clairement méprisants pour d'autres. Mon manque d'éducation fit son petit effet.

— Je savais que les démons étaient vicieux, mais je suis déçue de constater que leurs paroles ne valent rien quand on passe un pacte avec eux.

Je serrai la flûte si fort que j'eus peur qu'elle n'explose entre mes doigts. Je faisais la maligne, mais je n'en menais pas large,

— Même si j'adorerais m'amuser avec toi, j'ai mieux à faire. Débarrasse-moi d'elle, ordonna la duchesse à son second, Gueule-d'Ange.

— T-t-t-t, j'ai rempli ma part de notre premier marché en m'abaissant à tes désirs tordus, mais très plaisants, soit dit en passant. C'est à ton tour d'honorer notre arrangement. Nous avons joué selon tes règles, et elles stipulaient que tu me rendrais la plume de l'archange en échange d'un nouveau... contrat. Alors, que veux-tu de moi, Chuna ?

Le silence se fit dans la salle, j'avais capté l'attention de mon auditoire grâce au mot magique. Bon, elle n'avait pas exactement dit ça, mais je devais gagner du temps pour que Hariel puisse s'organiser.

— Petite idiote. As-tu une preuve de ce que tu avances ? Non. Il aurait fallu que je sois présente pour profiter de vos jeux et valider ta part du marché. Quel intérêt pour moi, sinon ?

— Donc, si je suis ton raisonnement... Si je m'envoie en l'air avec toi et l'archange là, ici, maintenant, devant cette charmante assemblée, tu seras obligée de me rendre la plume.

Mon argument fit mouche. J'ignorais d'où me provenait cet élan de confiance. Je voulais sauver Nathanaël à tout prix, quitte à me rouler dans la luxure et laisser ma déesse vivre sa meilleure soirée. Cependant, Chuna ne partageait pas mon audace. Les traits de son visage se durcirent et des flammes dévorèrent ses orbites. Elle jeta un regard à Gueule-d'Ange, lui intimant quelque chose du genre : obéis !

L'homme de main s'avança vers moi, son sourire mauvais aux lèvres. S'il m'évinçait, la duchesse serait exemptée de contrat. Que faisait mon complice ? La situation m'échappait !

Je décidai d'abattre une dernière carte. Instinctivement, je touchai le pendentif de Hariel afin de puiser la force nécessaire pour lutter et lui offrir encore de précieuses minutes.

— Tu es mauvaise joueuse, dis-je avec une moue boudeuse. Dommage, parce que... je suis... amoureuse de l'archange et mon seul espoir de... enfin... comme je ne suis pas humaine...

Arg ! Voilà, je venais de me ridiculiser en avouant mes sentiments comme une adolescente troublée par le bad boy du lycée ! Hey ! *Minute*... parce que je le pensais réellement, en plus ! C'était pire que ce que je croyais.

Je sentis la curiosité des démons me picoter le dos. Certains essayèrent de mettre à nu mon âme, mais de toutes ces tensions, la plus difficile à supporter fut le regard de Nathanaël.

— Debbie, ne fais pas ça, supplia l'archange qui essayait de briser les lourdes chaînes à ses poignets. Regarde-moi, Debbie, regarde-moi. Je ne chute pas parce que tu me l'as demandé, mais parce que le Conseil ne me permettra jamais de te faire mienne.

Il me l'avait déjà soufflé, ce rejet de la part des siens, mais je savais quelque chose qu'il ignorait :

— Tu me détruiras, Nathanaël ! Si tu deviens un démon, tu deviendras complètement dépendant à mon énergie, et comme je suis accro à toi... Ça finira mal, très mal. Je suis une nephilim, comment veux-tu que je te résiste ?

Des chaises raclèrent contre le sol puis des bruits sourds retentirent derrière moi. La température de la pièce s'éleva dangereusement, et une odeur de soufre m'irrita les poumons au point de m'asphyxier. Les flammèches des quelques bougies allumées se muèrent en véritables gerbes de feu, l'imposante cheminée flamba dans une déflagration bleue, et certains démons reprirent leur forme originelle.

— Une nephilim ! s'étonna une femelle avec excitation.

— La dernière…

— Je t'offre l'archange en échange de tes charmes, proposa un mâle massif dont les cornes fumaient.

Un sortilège fit naître une immense hache entre ses mains, il la pointa en direction de Chuna, qui semblait complètement dépassée par la tournure des événements.

— Voilà qui promet une soirée des plus réjouissantes, murmura la voix d'un homme. Un conseil, petite, profites-en pour dérober la plume de l'archange et sauver ta peau.

J'ignorais qui était ce démon, mais je me propulsai vers sa congénère, qui essayait d'apaiser ses invités. Au même moment, j'aperçus Hariel sur ma gauche, qui sortait de l'ombre, armé de deux dagues. Je percutai Chuna, m'étalant lourdement sur elle, puis lui collai une droite libératrice malgré le craquement douloureux de mes phalanges. Sa main qui tenait la rémige se dénoua, et je me jetai dessus avant de me relever afin de m'éloigner d'elle.

— NON ! Nathanaël est à MOI ! s'égosilla la duchesse qui se remit sur pied en un battement de cils.

Avant même que mon cerveau n'analyse la situation, je me retrouvai clouée contre une surface brûlante. Les griffes de la démone me transpercèrent l'abdomen. Le choc fut si soudain que je ne ressentis pas immédiatement la morsure de la douleur. Quand ses serres se retirèrent, je crus qu'elle venait de m'arracher le cœur et que mes tripes se répandaient sur le carrelage. Une autre pression sur l'abdomen me fit hurler, je me débattis comme une furie et la prise se resserra.

Des runes s'illuminèrent sous nos pieds, mon ticket pour l'enfer. Le portail se renforça alors, traçant le schéma complexe, et le carrelage s'effaça pour laisser place à un puits où dansaient des flammes qui me brûlèrent l'âme. J'allais mourir, dans le meilleur des cas. *Pitié, faites que la Faucheuse vienne me chercher ! Esteeelle !* Un étau m'écrasa la main et, même sous la torture, je continuai de la serrer de toutes mes forces. La rémige ! En aucun cas, elle devait traverser les portes de l'enfer !

Des taches noires m'empêchaient d'analyser correctement la situation, mais je savais que l'archange ne me viendrait pas en aide, tout comme son bras droit. Il ne me restait plus qu'une échappatoire : le paradis. Oui... si j'emportais la plume aux Cieux, Nathanaël retrouverait ses ailes. Cette solution n'était pas idéale puisque je perdrais la raison, mais... je n'avais rien d'autre en stock.

Dans un ultime effort, je balançai mon poing dans la face de la démone et me laissai tomber à genoux par terre. Je rampai entre les jambes de Chuna, mais ses griffes me lacérèrent les mollets puis me ramenèrent en arrière.

Je tentai de me rattraper à un chandelier sur pied, sans grand succès, le porte-bougies se renversa sur le tapis, qui prit feu.

Alors que j'essayai d'échapper aux flammèches, Chuna en profita pour m'éperonner au niveau des reins et me faire glisser jusqu'au portail. Je m'accrochais au chandelier, quand mes jambes pendirent d'un seul coup dans le vide. Une douleur atroce me consuma le bas du corps.

— Nath ! criai-je, désespérée.

Le gouffre m'avala encore de plusieurs centimètres. J'allais sombrer. Je cherchai l'archange dans le chaos afin d'apercevoir son visage une dernière fois, mais je ne vis que cet étrange démon, toujours assis sur sa chaise. Il ne daigna pas me secourir, malgré mes appels à l'aide, comme s'il me laissait seule contre les volontés de mon destin. Il m'observait avec un sourire affable, il semblait... m'encourager.

Je m'enfonçai encore. Je remerciai Dame Nature de m'avoir octroyé un petit bonnet C, qui stoppa, le temps d'une expiration, ma descente infernale. La démone agrippa mes cheveux pour m'envoyer sans davantage de cérémonie au fond du portail. Je hurlai de douleur, aveugle à cause des larmes montées à mes yeux. *Lâche la plume*, me souffla ma conscience. Mais, mes muscles étaient tétanisés, impossible d'ouvrir les doigts. Il le fallait, je le savais, sinon nous serions tous les deux damnés.

Mon regard se posa sur les flammes, sur le tapis, puis sur la rémige que je tenais toujours. Le monde s'immobilisa, comme pour m'offrir ce temps si précieux dont j'avais besoin pour déplacer mon bras. Sans réfléchir davantage, je plongeai la main dans la chaleur des bougies. Le feu lécha ma peau puis s'empressa de se nourrir des filaments plumeux qui dégagèrent une fumée dorée aux effluves de vanille. Mes doigts s'ouvrirent afin de se dégager, la brûlure des chairs remplaçant le doux parfum de Nathanaël.

La plume devint cendres. Les portes de la Rédemption et de la Déchéance se refermèrent. L'archange appartiendrait à une nephilim dont le triste destin résiderait dans le don de son âme jusqu'à ce que les démons sucent sa dernière parcelle d'énergie. Si Chuna ne m'éliminait pas. La démone rugissait au-dessus de ma tête, sa rage me percuta de plein fouet, et une douleur lancinante me tordit les entrailles. Entre mes dents serrées, je parvins à murmurer :

— Nathanaël, je veux que ta lumière resplendisse afin qu'elle puisse briller même dans les tréfonds de l'enfer. C'est un ordre, mon ange.

S'il devenait un démon, l'issue serait la même, tous ces sacrifices n'auraient alors aucun sens. En réalité, j'espérais qu'il viendrait me chercher et me délivrerait.

Soudain, l'attraction qui m'envoyait vers le gouffre s'envola en émettant un hurlement déchirant. La prise sur mes cheveux s'envola. Dans un état second, j'entendais au loin des bruits assourdissants de lames s'entrechoquant et d'explosions diverses se mêlant à des craquements semblables à la foudre.

— Ne me regarde pas en face !

Ruth... mon faucheur personnel.

— Debbie, n'oblige pas ma sœur à venir te chercher, supplia la voix rauque de Ruth.

On me banda les yeux avec un morceau de tissu humide, puis une lumière aveuglante m'éblouit dans un flash puissant. Tout devint si lumineux que la source blanche submergea la totalité de mon cerveau. Une violente migraine me martela le crâne sous ce faisceau qui transperçait mes paupières comme si elles étaient ouvertes. Je fus allongée, non plus le dos, contre le tapis humide de mon sang, mais sur une étendue moelleuse qui sentait l'herbe fraîche.

— Bon Dieu ! Mademoiselle, vous m'entendez ?

Cet homme possédait la voix d'un ange, douce et mélodieuse. *Merveilleux.* Je devais être morte. *Bon travail, Ruth.*

Un nouveau linge s'abattit sur mon visage, obscurcissant quelque peu la lumière au bout du tunnel. Pantin désarticulé, on me transporta dans les airs, le sifflement caractéristique et familier du vent entre les plumes d'un ange résonnait. *Plume.* La rémige était partie en fumée. *Pouf* !

Nous touchâmes à nouveau la terre ferme. Mon preux chevalier marchait rapidement, la moindre secousse me faisait geindre. J'avais la désagréable sensation que mon corps allait se déchirer en plusieurs morceaux, à commencer par mes jambes et mon buste. Je devais être dans un état pitoyable, même le pouvoir salvateur de l'ange ne dissipait pas toute la douleur.

— Liliah, une humaine porte l'amulette de Hariel ! appela-t-il en me déposant sur une surface molle.

Liliah ? La sœur des deux Traqueurs ? Je faisais moins la maligne tout d'un coup – en même temps, vu les circonstances, le contraire aurait été compliqué.

— Où l'as-tu trouvée ? Oh... que lui est-il arrivé ?

— Elle était aux abords du centre d'entraînement, Hariel devait se douter que nous y serions. J'ignore ce qui lui est arrivé, mais ses blessures sont d'origines démoniaques.

— Tu peux la maintenir contre le lit avec fermeté, s'il te plaît ?

Hey... je vous entends, hein !

— Elle est consciente, indiqua le mâle avant de m'immobiliser à l'aide de son pouvoir.

— Effectivement. mademoiselle, nous allons te soigner, mais cela risque d'être... très douloureux.

Elle n'avait pas minimisé le degré de souffrance ! Le liquide cessa de s'écouler de mes plaies, qui se refermaient lentement comme si quelque chose tirait la peau afin que mes chairs se soudent. Je subissais un véritable supplice sous l'affluence d'énergie angélique qui se transvasait dans mes veines. Après de longues minutes d'agonie, mes muscles se relâchèrent et mon cerveau reprit le contrôle de ce corps ayant sérieusement morflé.

La lumière m'était plus supportable, bien que, malgré les couches protectrices, elle agresse toujours mes prunelles, et le vertige continuait de me donner la nausée. Ma gorge restait nouée, je ne parvenais pas à remercier mes sauveurs, car je sentais la vie s'épanouir dans chaque cellule de mon corps. Une sensation déroutante.

— Je crois qu'il s'agit de la maîtresse de l'archange déchu Nathanaël, suspecta le soldat.

— Oui, c'est bien sa compagne, acquiesça Liliah.

Sa voix ne trahissait aucune animosité ou jalousie. *Compagne... Ah ! J'adore ! La compagne de l'archange Nathana... L'ARCHANGE !*

Mon âme se cogna contre mon enveloppe charnelle, qui refusa de se courber afin de se remettre debout. Le chemin de la guérison était long, beaucoup trop long, et je n'avais pas de temps à perdre si je voulais l'aider, lui ainsi que le Traqueur et le Faucheur.

— Je pars tout de suite en soutien à Hariel, je te laisse le soin de veiller sur sa protégée, comme il semble te l'avoir confiée par le don de son talisman. Dès que sa santé le permettra, redescends-la parmi les humains dans les plus brefs délais.

— Merci, fais attention à toi, le salua-t-elle avec une gentillesse qui me donna envie de me lover dans ses bras. Tes amis sont entre de bonnes mains, sois sans crainte. Et puis, l'archange est à leur côté.

Ce n'était pas la première fois que j'entendais ça... Je savais que Nathanaël était coriace, mais je ne pouvais pas m'empêcher de m'inquiéter, surtout après la destruction de sa plume.

— Repose-toi, tu en as besoin. Surtout, conserve ce bandage sur tes yeux, sans quoi, la beauté du paradis te fera perdre l'esprit.

Je sentis sa présence s'effacer, laissant un creux sur le matelas, et le vide semblait m'appeler à nouveau.

— Ga..., tentai-je de dire avant de m'étouffer dans une quinte de toux qui me broya le ventre. Gaël.

Les contours du visage de mon père se dessinèrent dans mon esprit. Je ressassai quelques souvenirs de mon enfance, puis du jour où il m'avait révélé ses ailes, et enfin de nos moments de complicité qui n'appartenaient qu'à nous.

— Je vais le convoquer, me promit l'ange dont l'intonation était une octave plus haut. Maintenant, dors, le repos sera ton allié pour récupérer au plus vite et retourner auprès des tiens.

J'eus envie de rire. Aucun des miens n'appartenait au monde des humains à proprement parler, j'étais l'exception à la règle – sauf mes deux collègues, Tom et Anna, ainsi que ma mère. Cette dernière me manquait. Quand j'étais malade, elle me dorlotait toujours comme son petit bébé adoré, et je donnerais tout pour qu'elle le fasse à cet instant. Si mon père acceptait de me rejoindre, je retrouverais déjà un certain équilibre, et son attention apaiserait mon âme. Certes, je lui en voulais beaucoup de m'avoir menti pendant toutes ces années, mais on n'effaçait pas l'amour aussi facilement de son cœur.

Je ne dormirais pas, même si Morphée soufflait des kilos de poudre de sommeil dans mes yeux. Je sursautais au moindre son, mais mon angoisse fut vite chassée quand l'aura familière du Gardien me chatouilla les sens.

— Pap's ?

— Je suis là, ma chérie, je suis là.

Sa main trouva la mienne, puis il s'allongea sur le lit afin de me bercer dans ses bras. Je me blottis contre lui, soulagée qu'il soit là pour prendre soin de moi. Sa poitrine se soulevait dans un rythme désordonné, secouée par des tremblements.

— Pardonne-moi, Debbie, je ne voulais pas t'infliger tout ça. Je suis vraiment désolé... Tu es tout ce que j'ai de plus cher au monde.

Les derniers mots de sa phrase se brisèrent. Il me faisait mal à me serrer autant, mais je renforçai notre étreinte, mon front contre sa joue.

Pour la première fois de ma vie, mon père laissa ses larmes couler, et les perles d'eau purifièrent mes ressentiments.

Chapitre seize

— Pap's, je peux me débrouiller toute seule, soupirai-je alors qu'il s'entêtait à me donner la becquée.

— Dans le doute, je préfère t'aider à manger. Quand tu es dotée de la vue, tu arrives déjà à t'en mettre partout, alors sans...

— N'importe quoi, pestai-je en ouvrant la bouche alors que la cuillère tapotait mes lèvres. Toujours pas de nouvelles de Hariel et Nathanaël ?

— Ah... si, le Traqueur est passé pendant que tu dormais.

— QUOI ? Mais, pourquoi tu ne m'as rien dit ?

— Parce qu'il est important que tu te ménages, tu as frôlé la mort, Debbie. C'est un miracle que tu sois encore en vie !

— J'ai surtout l'impression que tu abuses de l'hospitalité de Liliah, boudai-je, à défaut de lui adresser un regard lourd de sous-entendus.

— C'est vrai, j'avoue que te voir ici, au paradis... Tu ne peux pas comprendre ce que je ressens, j'aurais aimé pouvoir te faire découvrir les différentes régions et les richesses des Cieux.

— Mais ma place est sur Terre, auprès de maman, Estelle et Nathanaël. L'archange commence à s'impatienter, je peux le sentir via notre lien.

— Tu es consciente qu'à présent il sera très compliqué de rompre cette union ? Par ailleurs, il n'est pas exclu que son ascension lui soit à jamais refusée et qu'il reste éternellement déchu ou...

— Je veillerai sur lui afin qu'il n'emprunte pas le chemin de l'enfer, et ce, jusqu'à ce qu'il obtienne la Rédemption, le coupai-je. Pap's, je suis liée à Nathanaël, il va falloir l'accepter. Et le jour où il récupérera son auréole, tu peux être sûr que je ne le laisserai pas s'envoler aussi facilement. Vois les choses sous un autre angle, je suis presque immortelle, maintenant !

— Pas du tout, Debbie. Ton espérance de vie est rallongée, mais tu restes sensible à la mort, comme tu l'as expérimenté.

— Oui, j'avais remarqué, merci.

Deux coups frappés à la porte mirent fin à cette conversation tendue avec mon paternel, qui peinait à comprendre mes sentiments pour l'archange. Enfin, surtout, il craignait que Nathanaël ne m'entraîne dans d'autres mésaventures, même si sa renommée en tant que déchu allait nous permettre de vivre plus tranquillement.

Hariel m'avait appris que Nathanaël était devenu incontrôlable après mon transfert au paradis. Il avait affronté Chuna dans un duel mortel dont il était ressorti vainqueur – haut la main selon son bras droit. Les démons le craignaient lorsqu'il arborait ses ailes immaculées, maintenant, ils s'enfuyaient dans les jupons de leur roi dès que quelqu'un murmurait le prénom de l'archange. Cela amusait beaucoup son meilleur ami, en tout cas.

— Je peux entrer ? demanda justement l'ami tout en s'invitant sans patienter.

— Hariel ! m'exclamai-je alors qu'il me serrait dans ses bras. Ou, devrais-je dire, mon général ?

— Arrête, il va me pousser une seconde paire d'ailes si tu continues à flatter mon ego comme ça !

— Tant que ce ne sont pas des cornes, ça te va si bien, le taquinai-je.

— Je ne suis pas près de vendre mon âme au diable, mais peut-être devrais-je t'offrir l'une de mes plumes en prévention ?

— Hou, je ne suis pas certaine qu'un ménage à trois enchante Nathanaël.

Nous ricanâmes de concert. En réalité, je ne préférais pas savoir si ce dévergondé d'archange fantasmerait sur l'idée.

— En parlant de lui, je remonte de ton appartement. Il te fait savoir que si tu ne lui reviens pas avant la nuit tombée et que ton père décide de te retenir captive plus longtemps, il défoncera les portes du paradis pour te kidnapper.

— J'aimerais bien voir ça, ris-je, réveillant les points encore sensibles au niveau de mes côtes.

— Moi aussi.

— Ce serait une mauvaise idée, maugréa mon père.

— Bien, je te laisse te changer, puis nous partons avant que le Conseil ne s'aventure à jouer davantage avec les nerfs de notre archange. Liliah te prête l'une de ses tuniques, tu la trouveras dans son armoire. Je vous attends dehors.

Je me remis sur pied en prenant appui sur mon père, mes forces restaient faibles. Ma déesse pointa le bout de son nez, elle s'imaginait déjà profiter de l'énergie de Nathanaël et s'en délecter jusqu'à l'overdose. Je fus habillée en un temps record, aidée par mon père pendant que je maintenais en place le bandeau obscurcissant la lumière céleste. Mais, quand vint le moment de sortir du cocon douillet créé par l'ange adorable qui avait veillé sur moi pendant de longues heures, je fus assaillie de doutes.

— Pap's, le Conseil, pourquoi m'a-t-il envoyé Nathanaël si je suis destinée à donner naissance aux enfants d'Alex ?

— Je crois qu'il désirait te protéger en t'allouant un puissant gardien, mais il ne devait pas s'attendre à ce que l'archange prenne sa mission si... sérieusement. Ou alors, peut être que tout se déroule selon son plan, je l'ignore. Tu es la dernière femelle nephilim, mais il existe deux prétendants aujourd'hui en âge de se reproduire. Désolé, ma façon de parler peut te sembler inappropriée, mais je crois que je t'ai beaucoup trop préservée jusqu'ici. Bref, tu connais déjà Alex, mais il existe un autre nephilim qui ressemble plus à un rejeton de démon qu'à celui d'un ange. Honnêtement, je préfère que tu sois en couple avec un déchu plutôt qu'avec Kenan.

Ce mec devait vraiment être une ordure pour que mon père tienne un tel discours !

— S'il est si dangereux, pourquoi le Conseil n'envoie-t-il pas un Traqueur pour lui régler son compte ?

— Votre espèce est presque éteinte, nous ne pouvons pas nous permettre de perdre l'un d'entre vous, même s'il est responsable de la disparition de tes semblables après les avoir sollicitées au-delà de l'imaginable. Ce qui le sauve, c'est sa fécondité hors-norme, bien que tous ses enfants soient mort-nés.

Mon Dieu... ce mec était un chaud lapin et un sacré enfoiré ! Rien que d'y penser... non, je ne préférais pas y penser.

— Mais, quelque chose m'échappe, pourquoi vous ne donnez pas de votre personne pour engendrer d'autres nephilims ?

— Parce que les anges sont des êtres vaniteux, beaucoup ne s'abaisseraient pas à avoir une aventure, même d'un soir, avec une humaine. Pour qu'un ange transmette ses gènes, il doit lier son âme à celle de son ou sa partenaire, le couple devenant ainsi des âmes sœurs. J'ignorais combien j'aimais ta mère jusqu'au jour où je me suis rendu compte que je pouvais la perdre à cause du cancer généralisé qui lui a été diagnostiqué. Si je désirais la sauver, je n'avais pas le choix, il fallait nous unir. Et miracle, l'expression « un coup, un gosse » s'est révélée vraie pour nous, et comme la cérémonie d'union se fait pendant l'acte... Bref, je ne te fais pas un dessin.

Non, surtout que j'avais une idée très précise de la manière dont il avait dû s'y prendre pour faire de ma mère sa compagne.

— Si l'humaine donne naissance à un nephilim, sa grossesse et son accouchement sont si éprouvants que ses chances de survie sont quasi nulles, tout comme pour le bébé, qui doit se battre avec sa partie angélique dès lors que le cordon est coupé. Ç'a été la nuit la plus angoissante de toute mon existence.

Il était particulièrement troublé, je le devinais à sa voix émue et sa respiration hachée. Dieu se montrait vraiment dur avec ses fils, je comprenais mieux pourquoi ces derniers restaient méfiants vis-à-vis de ses créatures fétiches. Il confiait à ses anges la tâche de les protéger et de les guider, mais Il leur refusait l'amour que les humains pouvaient donner.

— Ta mère avait l'infime espoir de te mettre au monde sans y laisser la vie. Si j'avais pu prendre sa place dans cette épreuve, je l'aurais fait, mais elle s'est montrée très courageuse, bien plus que moi. La mort de mon âme sœur m'aurait rongé jusqu'à me détruire, je n'aurais pas surmonté cette séparation brutale.

Je pouvais le comprendre, maintenant que je sentais la présence de Nathanaël au plus profond de mon être – sans arrière-pensées, ou presque.

— Et il y a autre chose : quel parent, angélique qui plus est, souhaiterait une telle vie pour ses enfants ?

— Tu m'étonnes, soufflai-je.

Cependant, ils avaient fait le choix de poursuivre la grossesse. Par égoïsme. Par amour. Par espoir. Aurais-je la force d'abandonner mon bébé si je tombais enceinte ? J'en doutais.

— Pap's, le rêve prémonitoire dont je t'ai parlé, je ne suis pas sûre qu'il s'agisse de ma ligne de destin.

— Il ne peut pas en être autrement, crois-moi, ma chérie. Tu es la dernière nephilim.

J'aurais aimé qu'il me rassure, qu'il me dise que, non, je ne donnerais pas naissance au premier ange de l'apocalypse. Le cavalier *Mort*.

— Bon, allez, le cours est terminé. Hariel va vraiment finir par croire que je te séquestre !

Il me guida au travers de l'habitation que la propriétaire m'avait décrite comme une maisonnette composée d'un mobilier rustique et moderne à la fois, un style qu'elle affectionnait énormément.

— J'aimerais remercier Liliah pour son hospitalité, elle est là ? demandai-je.

Je ne ressentais pas son aura planer dans les lieux.

— Elle s'est envolée vers le palais un peu plus tôt, m'indiqua Hariel, dont la proximité sonore me surprit.

— Dommage, dis-je avec sincérité. Tu voudras bien le faire pour moi ?

— Je lui dirai de venir te voir sur Terre afin que tu puisses lui exprimer toute ta gratitude. Ça lui fera du bien de passer un moment avec Nathanaël et toi.

— Notre porte lui sera toujours ouverte.

Mon père insista pour me porter, les deux anges se chamaillèrent un instant, mais le Traqueur céda en précisant qu'il allait assurer la sécurité. Je sus que nous avions quitté le paradis lorsque l'obscurité se fit totale. Je m'empressai de retirer le bandeau de tissu qui me démangeait depuis plusieurs jours. À ma plus grande déception, je ne vis toujours qu'une étendue noire.

— Tes yeux vont avoir besoin de quelque temps pour se réhabituer à la luminosité terrestre. Sans compter qu'il est dix-sept heures, le soleil a déjà commencé sa descente. Tu auras retrouvé totalement la vue demain matin.

Je faisais confiance à Pap's, même si c'était un peu frustrant. Je distinguai quelques taches jaunâtres à l'horizon. Nous nous posâmes quelques minutes plus tard, sur le balcon de mon appartement, comme exigé par l'archange.

À peine eus-je mis pied à terre qu'une jeune femme me sauta au cou. Même aveugle, je savais qu'il s'agissait de ma meilleure amie.

— Oh, Deb ! Je suis si soulagée de ressentir à nouveau la date à laquelle ma faux prendra ton âme.

— Euh... ouais, moi aussi je suis contente de te revoir. Enfin, façon de parler, parce que vous avez oublié d'allumer la lumière.

— On l'a éteinte pour l'orgie que nous te réservons afin de fêter ton retour parmi nous, plaisanta Ruth avant de me serrer à son tour.

— Toi, tu sais parler aux nephilims, mais je te rappelle que tes bijoux de famille sont toujours en sursis !

— T'es rancunière, pour un ange, continua-t-il avant qu'un impact ne résonne à mon oreille et qu'il ne taquine sa sœur.

Je ne l'écoutais plus, un doux parfum de vanille Bourbon m'enivra les sens, et des étoiles dorées s'allumèrent dans les ténèbres. Mon père glissa sa main dans la mienne puis m'entraîna jusqu'aux étincelles qui scintillaient de mille feux. Mes doigts rencontrèrent ceux de Nathanaël lorsque mon père lui offrit ma main avant de tourner les talons.

— N'y voyez pas là une quelconque bénédiction, archange.

Il s'envola, mais je restai subjuguée par les lueurs dansantes devant mes yeux. Même la lumière ardente du paradis n'était pas aussi belle que ces petites touches dorées qui devinrent un véritable ciel étoilé. Des lèvres se posèrent sur les miennes alors que des bras m'entouraient. Mon corps s'imprima contre celui de Nathanaël. Je lui rendis ce baiser chaste, mais rempli de passion. Je sentis ses ailes se refermer autour de moi, et ce contact me fit chavirer dans une félicité sans borne.

— Merci, chuchota-t-il à mon oreille sans que je saisisse le sens de ce mot. Pour tout. C'est ce que tu aurais dû faire depuis le début, me garder pour l'éternité.

Cette fois, je ne retins pas mes émotions. Elles remplacèrent les mots que je jugeais trop faibles pour exprimer mon bonheur. Je me jetai sur l'archange, complètement avide de sa présence, de son corps et de son cœur.

— Hum, les tourtereaux, c'est très attendrissant tout ça, mais le champagne commence à s'évaporer !

Nous fûmes contraints de mettre fin à nos retrouvailles, car Estelle nous colla une coupe dans la main, mais nous restâmes scindés malgré tout. Nous trinquions à mon retour quand la sonnette retentit. Un silence de mort plana dans le salon. Ma meilleure amie se rua sur l'interphone puis indiqua au visiteur que la porte était ouverte. Je reconnus l'essence d'Alex avant même qu'il ne fasse son entrée, un bouquet à la main, d'après le parfum fleuri qui emplit la pièce.

Nathanaël se fit violence pour me rendre ma liberté, et j'accordai une accolade respectueuse au nephilim. J'eus un léger pincement au cœur à l'idée de ne plus partager avec lui certains moments intimes, mais j'étais heureuse que l'ambiguïté s'efface enfin de notre relation.

— Je crois que je ne t'ai jamais avoué à quel point je t'adore, Alex ?

— Mmmh... pas dans ce contexte, dit-il, son corps ayant un soubresaut quand un bruissement d'ailes siffla dans mon dos. Moi aussi, je t'adore et je préfère nettement qu'il en soit ainsi, tu ne mérites vraiment pas ce que nous réservent les anges. Tu m'offres un délai supplémentaire, même si ce n'est pas au goût de tout le monde.

— Qu'est-ce que tu veux dire par là ?

— Rien, ne t'inquiète pas.

Trop tard...

— Tu ne t'en tireras pas comme ça. Toi et moi, il faut qu'on se serre les coudes, tu rêves si tu penses sortir de ma vie en douce parce qu'un archange possessif prend toute la place.

— Je ne suis pas comme tous ces anges, je ne m'enfuis pas par la fenêtre lorsque ça commence à sentir le roussi !

— Normal, nous surveillons tes arrières, le taquina Hariel d'un ton glacial.

Le déchu parvint à m'arracher de l'étreinte d'Alex, et je lui fis ravaler son grognement en l'embrassant. Nous nous installâmes sur le canapé, puis mes amis me racontèrent les exploits de Nathanaël lors de son affrontement avec la marquise. Le brouillard qui obstruait ma vue se levait lentement, les silhouettes dessinaient des ombres chinoises dissipant les ténèbres.

— Au fait, est-ce que vous avez vu un étrange démon assis sur une chaise qui ne prenait pas part au combat ?

— Non, il ressemblait à quoi ? me demanda Nathanaël, qui s'était crispé.

— Je ne sais pas trop, un homme d'une cinquantaine d'années peut-être. Il m'a encouragée alors que je tombais dans le portail, mais il n'a pas bougé. Trop bizarre. Il paraissait spectateur, il ne lui manquait plus que des pop-corns.

— Ah ! je sais de qui il s'agit, dit Ruth.

— Qui était-ce ? l'interrogea sèchement l'archange.

— Tu as fait la rencontre de notre père.

— Quoi ? Il était là ? s'étonna Estelle qui manqua de s'étouffer avec une chips.

— Oui, comme nous, il devait être intrigué par ton destin instable, Debbie. C'est un maniaque du contrôle, surtout quand il est question de fauchage.

— Votre père ? répétai-je, totalement hallucinée.

— Lui-même, la Grande Faucheuse. Je crois qu'il t'aime bien.

— Oh putain ! Et tu dis qu'il t'a aidée ? s'écria Estelle.

— Disons que ses conseils m'ont permis d'être là aujourd'hui et de te sauver de la déchéance, Nath.

— C'est dingue...

— Remarque, il vaut mieux être dans ses petits papiers que dans son collimateur, dit Ruth très sérieusement. Je suppose que votre amitié a pesé dans la balance, les filles.

— Il ne manquerait plus qu'il l'invite à la prochaine réunion de famille ! ronchonna Estelle, cette perspective ne l'enchantant guère.

— Ne lui donne pas de mauvaises idées, il en serait capable.

Le dieu de la Mort en personne avait veillé sur moi. Dans ce salon, entourée de deux Faucheurs, un Traqueur, un fils d'ange et un archange déchu, ma vie de simple secrétaire de rédaction me paraissait à des années-lumière, à cet instant.

J'ignorais de quoi l'avenir serait fait, même s'il semblait particulièrement sombre, mais ce présent me convenait. Paradoxalement, je ne m'étais jamais sentie autant à ma place, ma déesse s'épanouissant sous les caresses de Nathanaël et soupirant d'aise.

Un peu trop sans doute.

— Je vais prendre l'air, déclarai-je alors que ma température corporelle s'élevait dangereusement.

— Je t'accompagne.

Nathanaël m'ouvrit la porte-fenêtre et me couvrit avec un vêtement que j'identifiai, à l'odeur sucrée qu'il dégageait, comme l'un de ses pulls. Je m'accoudai à la rambarde, levai mon regard vers le ciel avant de fermer les paupières. L'archange se plaça dans mon dos, puis resta silencieux malgré tout ce que nous avions à nous dire. L'éternité nous offrait le temps nécessaire pour faire le tour de toutes mes questions et, surtout, celui d'apprendre à nous apprivoiser davantage.

Nous étions bien plus que liés, nous ne pouvions pas le nier, car nous le sentions. C'était une sensation inexplicable, même Nathanaël semblait maladroit dans ses gestes.

— Tu sais ce que j'aimerais ? murmura-t-il au creux de mon cou alors qu'il y déposait une chaîne de baisers tendres.

— J'ai bien une petite idée, mais ça voudrait dire virer nos invités, et ce n'est pas très gentil après tout le mal qu'ils se sont donné.

Je le sentis durcir contre le haut de mes fesses et ma déesse ronronna de plaisir. Il m'attrapa brusquement dans ses bras, mes pieds quittèrent la terre ferme, puis nous tombâmes ensemble en chute libre jusqu'à ce que ses ailes se déplient.

— J'suis plus un ange, ma déesse. Et je compte bien te le prouver !

Et j'étais incapable de dire non quand il s'agissait de s'envoyer en l'air !

Remerciements

Ce roman ne serait rien sans ma collègue et amie, Estelle. Tu as été la première à lire l'histoire de Debbie et à croire en ce projet. Je suis heureuse d'écrire ces quelques lignes pour te remercier de ton soutien infaillible, de nos pauses passées à râler et notre grande question du matin : qu'allons-nous manger ce midi ?

Ambrose, tu as surpassé mes attentes avec cette couverture. Grâce à toi, Nathanaël a un torse ! Merci pour ton travail, de toujours répondre présent et d'échanger avec moi de longs messages (des pavés) entre deux manuscrits.

Merci à Lyn pour sa bêta-lecture et ses encouragements. Promis, j'écris rapidement la suite !

Je n'oublie pas Manu, ma deuxième lectrice. Même si la vie nous a éloignées, je pense à tes mots lorsque j'ouvre La dernière Nephilim. Tu as fait beaucoup pour moi, et je t'en suis reconnaissante. J'espère que tu auras l'occasion de replonger dans cette histoire et dans nos souvenirs.

Enfin, je te remercie, toi, qui lit les derniers mots de ce livre. Tu permets à Debbie et Nathanaël de prendre vie !

Pour suivre mes tribulations

Première possibilité, s'inscrire à ma newsletter mensuelle en flashant le QRcode ci-après :

Seconde option, me rejoindre sur Instagram :
@CharlizeWilson.dream

Je te dis à bientôt !
Charlize